国家出版基金项目
NATIONAL PUBLICATION FOUNDATION

这 里 是 新 疆 丛 书

我的芦草沟

艾贝保·热合曼 ◎ 著

新疆文化出版社

图书在版编目（CIP）数据

我的芦草沟 / 艾贝保·热合曼著. — 乌鲁木齐 : 新
疆文化出版社, 2024.6
（这里是新疆丛书）
ISBN 978-7-5694-4331-8

Ⅰ. ①我… Ⅱ. ①艾… Ⅲ. ①散文集—中国—当代
Ⅳ. ①I267

中国国家版本馆 CIP 数据核字（2024）第 015013 号

我的芦草沟

WO DE LUCAOGOU

著　者 / 艾贝保·热合曼

出 品 人　沈　岩　　　　　　　　责任印制　刘伟煜
策　　划　王　族　　王　荣　　装帧设计　李瑞芳
责任编辑　张　博　　　　　　　　版式制作　程双双

出版发行　新疆文化出版社有限责任公司
地　　址　乌鲁木齐市沙依巴克区克拉玛依西街 1100 号（邮编：830091）
印　　刷　永清县晔盛亚胶印有限公司
开　　本　787 mm×1 092 mm　1/16
印　　张　14.25
字　　数　164 千字
版　　次　2024 年 6 月第 1 版
印　　次　2025 年 1 月第 2 次印刷
书　　号　ISBN 978-7-5694-4331-8
定　　价　43.00 元

版权所有　侵权必究

本书如有印装错误，可直接向本社调换，服务电话：0991-3773954

序

芦草沟，一个开门见天山，抬头望博格达峰的乡村。比远郊近，比近郊远，曾经隶属于乌鲁木齐县，后又归东山区管辖，如今则是在米东区名下。而我，就是生于斯，长于斯，一生心心念念的这样一个美丽可爱的地方。随着双鬓落雪，年事已高，乡愁愈发割不断，乡情更加如丝缠，隔三岔五或登上高高的山梁，回味儿时放羊日子的酸甜苦辣，仿佛就在昨天，历历在目，记忆犹新；或徜徉在丰收的田间地头，看一片片高过头顶的玉米如何茂盛生长，瞧一块块插满豆角秆，辣椒一串串泛红，包包菜似莲花盛开的采摘园，土地流转带来的新气象。甚至拎一根徒步手杖，从这一片村落走到另一片村落，时不时与一些七八十岁长者不期而遇，请安，问好，用家乡话拉拉家常，聊聊儿女，许许多多熟悉的往事和难忘的经历，一下子让两代人彼此拉近距离，就像见到久违的亲人，执手相看泪眼，竟无语凝噎。只可惜如此亲切的老人，一个个相继故去，而我们则成了年轻人心目中真正的老人，不过却是儿童相见不相识，笑问客从何处来。

其实芦草沟是个大概念，向东与峡门子、哈熊沟接壤，往北毗邻米东城区和石化，朝南过石人沟，进达坂城区地界，西面则与河马泉新区连成一片。芦草沟早先为半农半牧，涝坝沟、大石头沟、葛家沟一带为牧区，石人沟往下为农区，有水浇地，过去主要种小麦、玉米、土豆、葵花和油菜等。而一大片一大片的旱地，则广种薄收，靠天吃饭，主要是春小麦和豌豆等，这些留下过我们足迹的地方，回头再去，虽时过境迁，却依旧感到无比亲切。

父母养育我们成长，并教诲我们热爱家乡和父老乡亲。打小在这一片土地生存，虽清贫却幸福，虽简单却快乐。哪怕小小年纪去种地，哪怕身单力薄来放牧，而且拾煤、捡麦穗、脱土坯、上山采药、撬石头，这些脏活、累活，苦活都干遍，却为往后经受各种磨炼打下了基础。

小学、初中、高中，我都是在家乡的芦草沟这片热土上度过的，即使生活再艰难，父母也从未让我们五个孩子中断过学业，而我能破天荒成为国家恢复高考后，芦草沟第一个土生土长的大学生，离不开父母的养育之恩，离不开父老乡亲的亲切关怀，离不开所有老师们的精心培养。所以开始文学创作后，心中一直有一个梦想，那就是有朝一日能以芦草沟为题，写一本献给故乡的散文集。

想一想天真烂漫的儿童时光，那些诸如打髀石、打茶茶的快乐游戏；早出晚归去深山老林揩地皮的奇特际遇；为了看一场《卖花姑娘》的电影，一口气从芦草沟跑到碱沟三分场，回到家公鸡都开始打鸣了；考上山东曲阜师范大学，十八岁第一次出远门的激动心情；看似写一匹黑骏马，实则融入我对父亲的无限敬仰和爱戴之情；而打卡乡村微信群，说到底就是新农村诸多变化的一个缩影。

凡此种种，都在印证我对故乡芦草沟的特殊情感。我是农民的儿子，更是芦草沟的儿子，能对故乡芦草沟尽一点绵薄之力，是我的夙愿，如今实现这一梦想，自然非常欣慰。同时，拙著《我的芦草沟》也是献给故乡芦草沟父老乡亲一份最珍贵的礼物。

是为序。

2023 年 11 月 21 日于六道湾

目 录

第一章

站在高高的山梁上

☑ 忆往事
☑ 话边疆
☑ 玩出圈
☑ 遇佳作

扫码进入

儿时的游戏

过去的记忆，就像是刻在石头上的文字，总是抹不去，印象中最深的还是儿时的游戏。

儿时的农村，文化生活单调，即使是家境殷实一些的人家，家里也没有一台电视。不像现在，通信便捷，网络发达，只要手机绑定银行卡，甚至足不出户就可以享尽娱乐的奥妙。所以当时有人调侃：犁地基本靠牛，点灯基本靠油，娱乐基本没有。挂在家家户户墙上的小喇叭，就成了一个稀罕物，让人们在劳作之余，听听新闻和文艺节目，消除疲劳。

那时我们还是些半大的孩子，正处于特别好动的年纪，对那种"只闻其声不见其影"的小喇叭，刚开始还有些好奇，时间长了，新鲜感就荡然无存，放学回家赶紧揭开锅,盛上一碗饭,匆匆吃了,蹦着跳着就出了家门。

当然是相伴着去玩游戏了。所不同的是,女孩子的游戏花样少一些,抓石子、踢毽子、叠糖纸和扔沙包什么的。男孩子就不一样了,游戏名目繁多不说,而且随着季节的变化,游戏项目也随之发生变化。夏天滚铁环、捉迷藏、砸桃核;冬季打雪仗、滑爬犁、打陀螺,不怕玩不过来,就怕时间不够用,尤其到了寒暑假,就成了我们的世界。还有几种游戏是不分季节的,而且也是最有意思的,比如打岔岔和打"髀石",也就是通常所说的羊拐骨,冬天、夏天都可以进行,一旦玩上了很快就会入迷,不分出个你赢我输不肯罢休。

那时候一到课间操,男、女生界线分明,开心玩起了各自的游戏,一时间满校园热闹非凡,仿佛赶巴扎似的。课后作业随堂就可以完成,留下更多的时间就用来玩游戏了。回到家时间就更充裕,即使帮父母做一些家务劳动,也不会耽误多少工夫,说是帮忙实则添乱,活干不了一半,大人就把我们撵走了。

不过,既然是游戏,都有其一定的游戏规则,虽地域有别,但规则大同小异,只有共同遵守,才能公平竞争。以打髀石为例,就有光板和缠丝之分,更有甚者还会灌铅。所谓光板,就是说羊拐骨上没有任何附着物,光板一个;缠丝则是在羊拐骨缠上铁丝或铜丝,明显就有了分量。而灌铅的程序就有些复杂了,先要在羊拐骨上钻一小孔,然后找来铅丝绕作一团,放进铁勺在烈火中冶炼,等铅丝完全化成铅水之后,再小心翼翼地灌进小孔。聪明一些的,用一块骨头渣子封上小孔,看着也是一个光板,可内涵大相径庭,独占优势。

打髀石不但分为"温海"(右后拐骨)和"索罗"(左后拐骨),而且还有背背、窝窝和香九、臭九之别,背背即背面(凸处),窝窝即正面(凹处);香九就是直立面朝上，臭九就是向下。窝窝优于背背，香九胜于臭九。具体玩法有"泡克"和"三太板"两种。"泡克"就是双方各取一个羊拐骨当"子"，并立放在一起，在外围画一个圈，然后将各自的砣子握在一块，来回往地上摆，看谁取得优先权。接下来取得优先权的一方，走到事先规定好的地方，习惯性地用脚在地上来回踢一下，将砣子举得高高地再摆至脚下，不管香九臭九，都可以拾起砣子，站在原地向圈里的"子"投掷，如果正好将"子"击出圆圈，就算是赢了，反之对方再来。而"三太板"则是先在地上画一条横线，长短要适中，各自取一"子"立着摆在两头，然后也是摆砣子，优先者在规定的地方飞"九"，要是没能飞成，而是窝窝或背背，就由对方站在摆"子"的线上，用对方的砣子来攻击本家的砣子。无论是击"子"还是击砣子，必须达到三脚的距离，不然就轮到对方还击了，所以才叫"三太板"。往往这个时候就看谁的砣子厉害了，记得那时都盼着家里宰羊，尤其喜欢个大的羯羊。一到宰羊的时候，就再也不出去胡乱跑了，争着抢着要给父亲搭手，又是递东西又是抓羊腿的，割羊肉的刀在眼前晃来晃去的，都不觉得害怕。最折磨人的是宰了羊却迟迟不煮羊肉，或者只煮前腿肋骨，而偏偏留下后腿，急得我们就像热锅上的蚂蚁，眼泪都流下来了，因为只有羊后腿才有髀石呀！

当下的孩子，都有着或多或少的电子数码产品，而我们那个时候，兜里装的都是髀石，鼓鼓囊囊的沉沉地吊着，走路的时候"哗啦哗啦"响着，所以衣服其他地方还新着，衣兜却早早地磨烂一个洞。我们一有机会就互相攀比，看谁的髀石多而且好。关系好的都搭伙，将各自的羊拐骨，交由一个最可靠的伙伴保管。于是山羊的、绵羊的、大的小的，甚至连狍鹿的髀石都有了，有的是各自长时间积存的，更多的是赢取别人得来的。许多髀石都被涂上了红色或者蓝色，大一点的使着就顺手，那些缠丝的、灌铅的髀石看着就舒服。因为非常看重自己的髀石，每家都有一个藏髀石的坛子，不是塞进麦草垛中，就是埋在羊圈里，时间久了就有可能被遗忘，等想起来再拿出来的时候，上面绿绿地长了一层毛，就跟出土文物似的。

打尜尜是一项富有情趣的游戏，在乡下孩子中间比较盛行，有时大人的手也痒痒，不自觉地加入了孩子的行列。打尜尜其实并不太复杂，对场地要求也不高，视线越宽阔越好。随便找两块砖头，将尜尜担在上面，手心手背决定先后顺序，躬下腰将尜尜挑向空中，然后奋力一击一气呵成。打尜尜讲究眼疾手快，同时手上要有劲才行，时间掌握得恰到好处，才能准确地击到尜尜，手上有劲尜尜就飞得越远。尜尜分两种，一种是比较平常的，不粗不细，一拃来长，两头削尖，击打这种尜尜就选择扁形木棍；另一种叫作"鸡蛋尜"，顾名思义像鸡蛋一样，椭圆状的，击棍也随之改用大头棒了。打尜尜之所以吸引人，关键在于捡尜者必须屏住呼吸，并且高声呼叫着，一口气从捡到尜尜的地方跑回原处，这就叫"嚎唆"。距离近了还好说，如果遇到一个击尜尜高手，又是那种"鸡蛋尜"，只听"嗖"的一声，尜尜就不见了踪影。"嚎唆"的时候，围观者要不择手段地进行干扰，不是喊他的名字，就是讲一些笑话，"嚎唆"者注意力稍不集中，就会中间断气，于是前功尽弃，只得从头再来，如此三番便会耗尽体力，蹲在地上捂着肚子一个劲告饶，围观者就发出"轰"地一片笑声，纷纷指着"嚎唆"者齐声喊："赖皮，起来从头再来，赖皮，起来从头再来！"

不过，凡事都有个尺度，把握不好，就会遭遇不测，打尜尜尤其如此。因为要用力击打尜尜，而尜尜两头都是尖的，一不小心失手落在谁的头上，轻则擦破一块皮，重则就是头破血流了，这倒霉事还真让我赶上了。有一回我们分成两拨，进行打尜尜比赛，玩得正起劲的时候，突然看到一个小家伙抱着脑袋就蹿出来了，一边跑还一边大声哭喊，只见小家伙头上鲜血直流，连白色衣襟都染红了，我们立刻就吓一大跳，见状我们便一哄而散，跑得无影无踪。第二天刚一到学校，我们就被叫到校长办公室，见小家伙的爷爷已和小家伙正坐在那里，小家伙的头虽然已经包扎上了，但脸上仍留有哭痕，而爷爷气得眼睛瞪得像灯泡一样，胡子一翘一翘的。不等我们站稳，小家伙的爷爷就让孩子指认，到底是谁让他受到了如此伤害。我做梦都没有想到，小家伙竟然不假思索走到我面前，指着我的鼻子说："就是他。"如今那个小家伙早已成了父亲，但头上那一块疤痕还在，每当见到我时，依旧指着头发当中那一坨白斑，开玩笑说："看看吧，这就是你给我留下的永久纪念。"

打这之后，我就很少再打尜尜，但毕竟还是个小孩子，喜欢游戏的本性不会丢，离尜尜远了，但离其他游戏就近了。特别是到了冬天，又有了其他乐趣。冬天，大人们盼下雪，是期望来年五谷丰登，大人们会说："雪，雪，大大地下，蒸下的馍馍车轱辘大，柜柜箱箱盛不下。"而我们盼下雪，是想着滑爬犁和脚马子更过瘾。把爬犁牵到高高的山上，平躺在爬犁上，两手死死抓住牵绳，脚一蹬，爬犁就似离弦的箭一样，风驰电掣地向下冲去，只听得耳边风声"嗖嗖"地响着，脖子和袜子里都钻进了雪，冻成个透心凉都全然不顾。脚马子分双板和单板，双板宽一些，下面固定有两条钢筋，踩着稳当；单板高且窄，下面仅有一根钢筋，没有相当功夫脚是踩不上去的，即使勉强踩上去了，也是一滑一个跟头，摔得鼻青脸肿的。如果看到上下学路上，一个家伙倒背着手，飞速而去，不用问，那就是滑单板的我了。

在雪地上滑爬犁和脚马子，似乎不能代表真实水平，于是更多的时间是在冰滩上度过的。我们那里有多处泉眼，一到冬天就形成很大的一个冰滩，成了孩子们的最佳去处。我在冰上滑脚马子的时候，经常会表演一些高难度动作，比如雄鹰展翅、金鸡独立。特别是金鸡独立，动作难度大，必须经过刻苦磨炼才能达到要求。每当我单脚着地，另一只脚高高伸向后方，挥舞着双手像风一般从人面前飞过，那个潇洒劲，谁见了都会竖起大拇指。

除了滑冰，就是打陀螺。那时陀螺很少有现成的，都是我们自己加工而成的。有螺丝陀螺，也有电杆陀螺，而电杆陀螺又有双电杆和单电杆之分。当时制作陀螺的螺丝和钢蛋还好找一些，沥青却非常紧张，所以经常去附近工厂偷油毛毡，因为我们最爱玩的就是让陀螺相互撞击的游戏，一旦钢蛋和主体分离，就赶紧撕一片油毛毡做替代，点着火后油毛毡就"滋滋滋"开始往下滴油，于是，顺着钢蛋严严实实滴上一圈，等冷却下来，再用拇指顺时针抹上一遍，沥青自然凝固，又可以重新玩了。

自然，我们也会在冰上打髀石，所不同的不再是投砣子，而是顺着有"子"的方向，将髀石砣子平平地滑过去。如果正好击中，就听得一声脆响，砣子和"子"都滑出去很远，不知去向。这个时候就体现出手上功夫的高低了，功夫在手腕上，轻了不行，重了同样也不行……

五十多年转瞬即逝，一切仿佛就在昨天，历历在目，记忆犹新，不禁让人想起当年一起玩游戏的小伙伴，多了一份想念和牵挂。

牧业队记忆

牧业队位于天山脚下，在三面环山的一个峡谷里，翻过一道梁是米泉甘沟林场，沿峡谷朝西方向，连接石人子沟农业村队。

牧业队是芦草沟乡上一个牧民定居点，主要从事牧业生产，有少量耕地，地里种麦子，外加一个园子，园中产杏和苹果。

爷爷是因一次事故，导致卧床不起，就以牧业队适宜养病为由，随之到此落户，大伯家是从农业队转入牧业队的。因为有大伯和爷爷这层关系，所以我们与牧业队结下不解之缘。

据母亲回忆，爷爷所说的适宜养病，完全基于牧业队气候宜人和有奶喝这两个因素。特别是有奶喝这一点，在

20世纪60年代那样一个背景之下,对一个病人来说是极具诱惑力的。实际上我们喜欢往牧业队跑,很大程度上也是奔着喝奶去的。

滚烫的奶茶上面,浮着厚厚一层奶皮子,白白的,香香的,如果"达斯特汗"(餐布)上再有一些刚出锅的"包尔萨克"(哈萨克族的一种美食),就算是一顿绝好的美餐了。或许真因为如此,到了牧业队之后,爷爷的气色不但有了明显好转,而且又重新开始自食其力、养家糊口了。

我始终忘不了这样一个场景,每当夏天夕阳西下之际,一群群奶山羊被绳子拴成一溜,一个个女主人提着挤奶桶,一边熟练挤着羊奶,一边嘻嘻哈哈彼此开着玩笑,等挤满了奶桶给母羊松绑之后,另一头的男主人则将嗷嗷待哺的小羊羔放出圈门,一时间"咩咩"的叫声响彻一片,那个母子相见的亲热劲,真的让人好感动。

和爷爷家相比,大伯家人口要多得多,两个大人加六个孩子,算得上是大户人家。一开始大伯家住在牧业队一个偏僻的树窝林子里,一圈木篱笆围着两间土屋,有一个牲口棚,四周全是榆树,遮天蔽日的,听得见狗叫,却看不见房子。门前就是一条小河,蜿蜒穿行于林木间,取水方便极了。

独门独户的大伯家,仿佛一处世外桃源,养了不少牲畜和家禽,不但一年四季有奶茶喝,碰巧了还能享用一顿风味独特的奶子面条。那是我平生吃过的第一道美食,沙沙的洋芋疙瘩、筋道细长的面条、芳香扑鼻的奶汤,吃完一碗还想再吃一碗,令人馋得没有办法。

有意思的是,大伯家经常发生母鸡失而复得的事情。一开始还以为哪只母鸡走丢了,或者是被狐狸叼去了,可是过了一段日子,那只母鸡却"咯咯咯"叫着,领着一群小鸡仔突然出现在院子里。原来母鸡已经习惯了在树林或者草丛中产蛋和抱窝了。还有就是伯父擅长种植南瓜,到了夏天,凉棚和篱笆上结满了大大小小的南瓜,看着就是一种享受。

从我家到牧业队，要经过磨石嘴子、水库大坝和一大队三队，走大路花费时间长，我们就经常抄近路。不过抄近路有一个麻烦，就是常常遭遇狗挡道，尤其是水库大坝那一段，势必先要经过几个庄子，只要有一只狗叫，呼啦啦便会招来好几只，顾前顾不了后的我，心跳得"怦怦"响，头上的汗都出来了。

因为我的老家在吐鲁番，经常有亲戚从那边带葡萄过来，时间充裕的亲戚就顺带去爷爷和大伯家，来不及的情况下，就由哥哥和我代劳把葡萄送给爷爷和大伯。有一次我和哥哥去牧业队送葡萄，哥哥送一大筐给大伯家，我送一小筐给爷爷家。适逢当日天气炎热，我和哥哥口渴难耐，一路走，一路下意识从筐缝抠一粒葡萄塞进嘴里，等快到牧业队时，才发现两人筐子的容量明显有所减少，这才你推我，我推你，都怕被两家老人看出破绽，落下埋怨。

有一年，我几乎在爷爷家住了一个暑假，期间只干了一件事，就是拾麦穗。牧业队的麦田靠近石人沟三队旱地梁，在一个狭长的沟谷里，上方有一个面积不及麦田的小涝坝，像一块块黄色补丁，呈层级状散落在沟谷里。我和牧业队的孩子，早上坐着马车去，下午扛着袋子回，一个月下来，打了整整几大口袋的麦子，被爷爷奶奶夸了很长一段时间。

当然也发生了让人担心的事情。男孩子似乎与生俱来的喜欢去涝坝泡澡，尤其是我，见了水浑身痒痒，不下去泡一泡，就会难受。仔细一想，当年我之所以对拾麦穗乐此不疲，一个重要原因就是和泡澡有直接关系。

小涝坝虽说不大，可对我们这些孩子来说，已经足够了。每到中午时分，也是天最热的时候，麦穗已拾大半袋子，急忙嚼几口干馍，三下五除二脱了衣裤，一个猛子钻进水里，那种舒心和惬意哪里去找？和那些牧区的孩子相比,除了狗刨,我还会仰泳,一会儿手脚并用,前行、转向,来去自如,或两手紧贴大腿,靠双脚蹬水漂浮在水上,俨然比别的孩子胜出一筹,让人羡慕得不行。

然而毕竟是一座涝坝,有深有浅,有淤泥也有水草,稍有不慎,或许就会遭遇不测。所以每天临行前爷爷都要嘱咐一遍:"涝坝很危险,不要贸然行事。"我虽口头答应,却依旧我行我素。回到家爷爷问我:"是否去涝坝里泡澡。"我就撒谎说:"没有",然而一双红眼睛很快就戳破了谎言。"没有下水,眼睛是怎么了?"爷爷追问,这样一来,我就无话可说了。后来吸取教训,下水时不再扎猛子,可狐狸再狡猾,还是逃不过好猎手。只要爷爷在我黑瘦的干胳膊上,用指甲轻轻划一下,马上会出现一道白印子,原来这也是验证下没下水的一个妙招,想赖都赖不掉。

现如今,爷爷和大伯早已成为故人,牧业队也被涝坝沟这个名称所取代,虽说物是人非,我们依旧对这片土地一往情深,因为这里独到的景致,也为这里日益兴旺的勃勃生机。

琼布拉克

琼布拉克，柯尔克孜语，即大泉的意思。在我们村上，有两个生产队有泉眼，一个是二队，一个是隔河相望的三队。我们家在二队，从小学到高中，我一直生活在这里。二队向东是一条沟谷，呈喇叭状朝西延伸，从最上面的旱地梁坡下，到芦苇地附近的河沟旁，分布着大大小小不少泉眼。尤其是旱地梁坡下的那片湿地，三五处泉眼一字排开，成了二队最重要的水源地，所以很早就修建了涝坝。涝坝蓄满水，也就三五天时间，闸门一打开，水就顺着渠沟流到地里，土地墒情好，庄稼长势旺。

那些年放了暑假，我们都往旱地梁上跑，一是拾麦穗，挣点小钱贴补家用；二是碰上食堂改善生活，我们可以解嘴馋。来回的路上，趴在泉边喝水成了规定动作，泉眼里不仅"咕咕"往外冒水,同时还伴有指甲盖大小的虾米出现。虾米背部暗紫色,腹部泛白,仿佛千足虫,爪子多而细小。喝水一急,弄不好将虾米一起吞进肚子,经别人一吓唬,还真的感觉胃里有东西在动弹,忐忑不安好几天,像个病人似的无精打采。

都不知道虾米从何而来,就像不知道大泉的水老鼠源自哪里。二队和三队被一条季节河隔开,春秋季节河里水多,特别是遇到发洪水,"轰隆轰隆"像打雷一样,隔老远就能听到。到了夏天,河里几乎不淌水,圆的扁的石头,裸露在河床上,要颜色有颜色,要图案有图案。可惜那些年不懂得收藏,顶多捡几块回去洗一洗,到了秋天放在缸里压咸菜。

过了河就是三队,而大泉就在路边。大泉年代久远,出水量也很大,因地势低洼,看上去更像一个大坑。泉水很清,也很深,扔一块石头下去,"扑通"一声,似乎深不见底。当时学校不提供水,下课铃声一响,学生们便三五成群跑向大泉喝水。清凉甜润的泉水就像甘露一样,滋养着我们。有一天突然听到一个消息,说是大泉发现了不明"稀罕物",不是一只,而是好几只,三角头、长尾巴,白天看不见,夜晚"扑腾"的泉水"哗啦啦"响。我们哪里听说过这样的东西,人在教室,心在大泉,不但喝水的次数一天天增多,在大泉边逗留的时间也长了许多,有的时候干脆旷课,为的就是一看究竟。

还真如人们所讲的那样,我们白天全部扑空,连"稀罕物"的影子都没有看到。倒是被老师一次次训斥,红着脸、低着头,像个罪人似的,不敢吭声。后来还是不死心,就相约着几个人摸黑溜到泉边,屏声敛气,一动不动,不相信"稀罕物"不显影。功夫不负有心人,我们最终还是看到了泉中"稀罕物"。先是轻轻游动的声音,绕泉一周,稍停片刻,再次反方向游动。继而水中开始躁动,急忙打开手电一看,泉中央露出两只类似老鼠的头。

只是看上去比老鼠大很多,胡须长而明亮,颜色一片灰黄,突然见到亮光,那家伙一个猛子扎下去,长尾巴就像一根树枝,一晃再不见踪影。后来才听说"稀罕物",叫水老鼠,昼伏夜出,近水而栖,拥有潜水能力,却不能长时间生活在水里。那么,白天水老鼠钻到哪里去了,泉里无鱼,又是靠什么而生,莫非吃一些小蛤蟆,一直是个谜。

过了三队大泉往西,还有一处泉眼,旁边自然形成了一个小涝坝。我们家的自留地就靠这眼泉浇灌。地不多,种着却麻烦,一是春天不能把肥料直接运到地里,只能卸在渠边。然后靠人工挑,把肥料一担子一担子挑到地里,堆成一个个小粪堆,随后用铁锨再均匀撒开;二是秋天收了玉米和土豆,还要靠同样的方法,把收成先一麻袋、一麻袋背到渠边,而后才能装上车,运回家去。不要小看地边一条小渠沟,平时稍微一用劲,腿一抬就跨过去了。然而身上一负重,腿就像两根粗木头,挪动起来非常吃力,尤其是两腿跨渠一刹那,不但要保持平衡,还要瞅准时机,借助惯性一跃而过。不然稍一犹豫,失去重心,就很有可能栽进渠沟,伤了腰身。

农村的娃娃夏天要在地里劳动,冬天也不能闲。有的时候拾粪,有的时候拾炭。拾粪时就在村里绕圈子,爬犁一拉,铁锨一扛,看到马粪铲马粪,看到驴粪铲驴粪。因为拾粪的不止一家,而牲畜头数又有限,拾半天筐也装不满,于是想办法掺雪充数,可是大人眼尖,很快就看出破绽,使劲一摇粪筐,雪几乎把粪都掩盖了,那么挨一顿骂就在所难免。拾炭时则要走出村子,好在煤矿距离不远,而且都是大矿,指头缝粗的地方随便漏一点,就够我们烧上十天半月。我们不能到井口漏槽跟前拾炭,那里是作业区,闲人不得靠近,只能在边角废料处,也就是废弃的煤矸石堆边转悠,或者跟在拉煤车后面,等汽车一颠簸,或多或少漏下一些小炭块,跑过去捡起来装在爬犁上的炭筐里,一天下来收获不小。可有人总是吃着碗里的,看着锅里的,一有机会就偷摸溜到炭堆上下黑手,一大块、一大块乌黑锃亮的大块煤,那可是人见人爱的头等煤,就这样被别人不劳而获,矿上自然不能放过我们。一次矿上突然出击,把拾炭的、偷炭的一起抓起来,没收了爬犁不说,还把我们就像赶羊一样,一个不剩关进了一个大房子。天冷肚子饿,我们缩着脖子,跺着脚,肚子饿得叽里咕噜。最后村上出面解决,好说歹说,矿上才放我们一马,一个个灰溜溜拉着空爬犁,头也不回地跑回家。

因为队上有泉,到了冬天,泉水流一截,冻一截。时间一长,形成几百米长的冰滩,白净、透明,就像一面面镜子,阳光一照,熠熠生辉。于是,这里成了孩子们的乐园,溜冰的、打陀螺的(俗称打"牛儿")、玩羊髀石的、扔沙包的,在冰滩上玩得不亦乐乎。而我们除了玩,还有一项任务要完成,那就是挖冰。

一开始我家住在二队最下面,夏天还凑合,洋灰渠不来水,对面四队的土渠里说不定就有水,挑着担子去了,十几分钟就回来了。可是到了冬天,就以挖冰化水为主了。最好的冰就在冰滩上,找一块干净的地方,一斧头挖下去,冰块就像翡翠一样晶莹,棱角分明,光可鉴人。一块一块装进麻袋,扣子一提,再一摇,冰块"哗啦啦"响,一麻袋变成了半麻袋,从而显得瓷实。反复几回之后,麻袋总算可以扎口了,随之一前一后两个人,一人抓一头,使劲往爬犁上一扔,平稳妥帖,一路下坡,毫不费事就回去了。

那时候乡下贫穷,然而贫穷并不影响人们追逐时尚的需求。先是期盼着头上能有一顶草绿色军帽,后来想象着胸前能戴一枚像章。有一段时间,时兴头戴鸭舌帽,身穿黑杠裤(窄裤腿),脚蹬回力鞋,而且黑杠裤的裤脚必须露出下边一截红秋裤。如此一搭配,用时髦的话说,真是有范儿。当时乡上有一个女干部的老家在上海，有次带了十几双回力鞋回乡里，装备了一个篮球队。队员们脚下齐刷刷都是回力鞋，白鞋面绿底子，不但好看，穿着也很舒服，一走上篮球场，就像脚底下安了弹簧，跑得快、跳得高，潇洒飘逸，虎虎生威，撑足了面子。

到了弟弟追逐时髦的时节，最明显的标志是留长发、麦克镜、喇叭裤，外加一部收录机。走到哪港台歌曲就唱到哪，尤其是邓丽君的歌曲，缠绵、伤感，还有那么一种特殊的甜蜜。父母非常看不惯弟弟留长发，到了山里的爷爷和大伯家，一见面先是责怪他的头发，虽说弟弟戴了帽子，但因为头发长，两耳被遮住不说，脑后也像鼓起一个山包，帽子根本不起任何作用。老人们总奚落弟弟"头发长得跟狮子一样，裤子长得像扫把一样！"。

那时候把港台歌曲泛称靡靡之音，而把弟弟那样的穿戴说成是奇装异服，总之都是贬义，不太讨人喜欢。然而年轻人就是不吃这一套，该留的头发照样留，该弹的吉他照样弹，一如今天有些追星族，不但迷醉，而且充满感情。而我们则对电影充满幻想，无论是国内的还是国外的，只要真实感人，跑再远的路去观看也不后悔。当时就听同学说，有一部朝鲜电影叫《卖花姑娘》，宽银幕的彩色片，不管谁看了都要从头哭到尾，悲惨得不得了。一天正好山后的一分厂白天放映此片，于是几乎全班倾巢出动，大家爬过山梁先睹为快。确是如此，一个个哭得一把鼻涕一把泪。看完片子，听说晚上三分厂还要再演一场，就又顾不得吃饭，翻过一座山，再爬过一道梁，苦苦等着又看了第二遍《卖花姑娘》。等气喘吁吁、身心疲惫回到家，公鸡已经开始打鸣了。

撂撇子

放羊娃起得早,睡得也早。尤其是夏天,白天时间长,晚上时间短,当别人还在睡觉时,放羊娃就得把羊赶出圈。不然等太阳出来一竿子高了,你还在路上耗着,羊还没吃饱肚子,你就得往回返了。为啥,因为羊裹着一身毛最怕热了,光线一强就好像背了一个火炉子,浑身燥热,心思根本不在吃草上,只想着赶紧找一处阴凉地,卧在地上歇息。如果放羊娃前一天晚上睡得晚了,第二天早上,就会瞌睡得上下眼皮直打架。万一在半路上打盹了,一不小心没有看住,羊群就会呼啦一下子蹿到庄稼地里,后果就严重了。

羊群听话的时候多,和放羊娃较劲的时候少,然而一旦要起混来,也是让人很伤脑筋的。有一次我刚把羊群赶到山上,就看到头羊突然甩头扭脖子,连蹦带跳原地转圈子,随后夹着尾巴"咩、咩"叫了几声,领着羊群开始跑了。羊群最怕乱跑,乡下有一句话叫"不怕羊饿瘦了,就怕羊跑瘦了"。如果天气热,羊群又是刚饮过水,经过一阵猛跑,说不定羊的肺泡就有可能破裂,那么损失就大了。于是见到羊群一跑,我就急了,先是打口哨,然后打响鞭,最后一边跟羊群追,一边捡起石头疙瘩往前扔。然而鞭长莫及,石头也扔不到地方,只见羊群越过一道梁,再翻过一座山,头也不回地消失在我的视线里。等我上气不接下气,满头大汗爬过山一瞧,羊群已经混入到别的羊群里了。我的羊群数量少,也就二十几只,混入的羊群数量多,有百十来只,加之颜色单一,不是白就是黑,给我辨识自家羊只带来极大的困难。我和那个羊群数量多的放羊娃以前不认识,好说歹说,人家才答应帮着一只只分出群。

　　然而区分羊群哪有那么容易,你刚钻进羊群,羊群就像扇面一样散开,几只羊跑向这一边,几只羊却又混杂在另一边,一时半会聚拢不到一起。最后还是那个放羊娃聪明,脱了外套,扔了鞭子,瞅准机会一下子扑到头羊的屁股后面,一伸手抓住羊的后腿,死拽硬拖,总算把起决定作用的头羊拉出了羊群,而且和他的羊群保持一定的距离。然后我如法炮制,学着他的样子,钻入羊群一只只进行分离。如此一来,听见头羊在不远处"咩咩"直叫唤,其他的羊也就顺从多了。我一手抓住羊脖子,一手托住羊尾巴,前后一用力,羊就乖乖跟着走了。但这个时候,太阳已经偏西了,我又累又饿,羊也是跑了空趟子,看上去肚子瘪瘪的,我只好把羊群赶到涝坝边,匆匆饮了水,无精打采地回家了。可是到了半夜,就听得羊圈里接二连三传来羊的叫声,父亲就好生纳闷,问我咋回事。我迷迷糊糊说了几句羊混群的事,父亲于心不忍,只好起身穿好衣服,一边嘴里鼓鼓囔囔说着:"人的肚子饿了睡不着觉,羊没有吃饱肯定也不好受呢。"一边开门走了出去。不用问，这是去给羊补草，额外增加一顿宵夜呢。

放羊娃手上没有家伙，不能算是真正意义上的放羊娃。所以，放羊娃要么有一根鞭子，要么有一根棍子，最不济也要有个撂棒。放羊的鞭子和车户的鞭子不一样，一个鞭杆短，鞭子也短；一个鞭杆长，鞭子也长，但有一点是相同的，那就是鞭子一甩，都能发出像鞭炮一样的响声。我们几个放羊娃，经常站成一排，一起甩着鞭子，比赛看谁甩的最响。先是甩出一团团白花，紧随其后的是一阵阵脆响，声音回荡在山谷里，久久不散。棍子就像刀豆竿子一样，细长而富有弹性，打在羊身上虽然不疼，却能起到威慑作用。其实棍子还有一种用途，特别是在水渠边和青草长势比较旺的地方常常有蛇类出没，用棍子这里敲一敲，那里拨拉一下，打草惊蛇，以防万一。而撂棒则粗一些，也短一些，用的时间一长，像擀面杖似的光滑油亮。每当羊群不听话，准备跑出放羊娃可控的范围之外，撂棒的功效就显现出来了。握住下端，瞄准方向，跑几步奋力一扔，撂棒就像长了眼睛一样，不偏不倚地落在羊的前方，羊一受惊，立刻调转身，原路往回低着头啃食草皮，不会轻易超出你的视野范围，省了放羊娃不少心。

如果距离再远一些，土坷垃和撂棒都派不上用场。要么凭着蛮力使劲来回追赶羊群，要么准备一副专用的放羊工具——撂撇子。撂撇子的原理其实很简单，却非常管用，在羊群跑出去百米开外的地方，也能及时阻止羊群继续前行，头羊一扭头，其余的羊就如同条件反射一样，不再盲目瞎跑了。撂撇子由弹囊和两根绳子组成，弹囊有巴掌大，长方形，最好是一块帆布或者熟牛皮，不但要柔软能裹得住石块，还要结实，经久耐用。弹囊两头的中间部位，各打一孔，将绳子穿过去，讲究一些的放羊娃，还要找一对铁环扣，固定在弹囊孔眼上，一是美观，二是牢固。绳子最好也是皮绳，而且相对要细，要是羊群跑远了，撵不上了，找一块合适的石块包裹在弹囊中，然后抓起绳子两头，挥动大臂，轮转着甩上几圈，随后松开绳子的一头，石头就像子弹一样飞出去了，效果出奇的好。

当然，有时候撂撇子使用得当，还能有意外的收获。有一次我在山上放羊，看见一只野兔子，连蹦带跳从羊群旁边跑过。恰好我靠在一块石墙上，前边刺墩连着刺墩，我看得见野兔子，而野兔子似乎没有发现我的存在。因而跑出去几十米后，慢慢放缓了前进的速度，随后索性停下来，左顾右盼一阵子，先是伸出一只前爪挠痒痒，继而一跳一跳的，围着刺墩吃草。我就蹑手蹑脚，屏住呼吸，小心翼翼取出撂撇子，装好石块，往前走两步，然后旋转两圈弹囊，猛地一甩撂撇子。就听得"嗖"的一声，石头就飞向了野兔子，而且一下就准确地砸在了兔子的身上。很显然，石头伤及了野兔子的一条后腿，兔子先是腾空一跃，紧接着扭头就跑，不过毕竟受了伤，跑着跑着就跑不动了。我赶紧大声喊着，让另一个山梁上的放羊娃过来，两个人一起围堵。最终野兔子被我俩逮住了，拿回家，好好改善了一下生活。

还有一次，甚至差一点伤及到人，闯下大祸。那是一个夏天的中午，人们都在树底下午睡，我躺在一条麻袋上，总觉得身下疙里疙瘩，闭着眼睛却翻来覆去睡不着。突然就觉得远处的麦子地里，窸窸窣窣有动静，我本能地以为是狐狸下山，要偷袭正在地里觅食的鸡，就起身观察。我发现齐腰深的麦地里，确实有东西在挪动，为了不影响别人休息，我没有大声喊，而是拿起撂撇子就甩。然而随着石头落地，猛地从麦地里站起一个人来，我吓得魂都没有了，从此不再使用撂撇子。

半导体零碎记忆

　　小时候乡下贫穷，家中除了几样简单的摆设，没有值得炫耀的东西。谁家若是来了亲朋好友，而且正好赶上是骑自行车来的，孩子们就像过节似的轮番上阵要骑上一番。个子大一点的，腿一跨就坐到座包上了；个子矮小一点的，就只能将一只脚从三角车架当中伸过去，屁股一撅一撅、身子一伸一伸，大家沿着村道一圈一圈骑着进行接力赛，直到自行车掉了链子，这才悄无声息地将自行车放回原处，随即孩子们像猴子一样不见踪影。

　　当时乡下打家具讲究的是要腿多，腿越多说明家具的档次就越高。而家用电器尚未普及，条件好一些的家庭可能会有一台收音机或缝纫机抑或手表，要是这几样东西同时具备，就算是殷实人家，在村上说话都有一定分量。

我家兄妹五个,当时都在长身体的阶段,穿的戴的都很费,针头线脑的事情毕竟少不了,因而缝纫机就成了我家生活当中的必需品。因为是在计划经济时期,缝纫机成了紧俏商品,只能凭票供应。父亲先是托人弄到一张供应票,而后卖了家中两只大羯羊,才算把一台缝纫机搬回家中。

　　就这样,缝纫机成了我家当时唯一的值钱物,除此之外,连一台台式收音机都没有。那时候不像现在,生活极为单调,而如果有一台收音机,日子就好打发一些。父亲在村上任职,由于不识字的缘故,就养成了听新闻的习惯,尤其是事关老百姓最现实、最直接利益的政策性新闻,都要反复收听,仔细琢磨。我深受父亲影响,打小爱听广播,所不同的是除了时事政治,我也关注其他栏目,甚至包括天气预报。我记得那时播音员语速缓慢地播报着天气预报,一句一停顿:"乌拉尔山——至巴尔喀什湖上空——有个低压槽,未来两天内——有一股强冷空气——从西伯利亚——南下入侵,北疆沿天山一带——气温有明显下降……"走在冬季的上学路上,听到高音喇叭里的冷空气入侵预报,身上不由打个寒颤,脚底下的速度也快了许多。不过也有长时间听不明白的内容,譬如"新闻和报纸摘要"节目,我就一直没有搞清楚是什么意思。因为这个节目播得很快,特别是"摘要"二字,一眨眼的工夫就过去了,等好不容易盼到第二天,支棱着耳朵再去听时,一晃又错过去了,还是不明就里。越不明白越想听,而越听又越糊涂,简直让人伤透了脑筋,恨不能钻进喇叭里面探个究竟。后来学说普通话,才知道问题出在汉语拼音上,是"z""zh"不分所致。

　　户外是高音喇叭,而屋内墙上则挂着一个小喇叭,再接一根地线埋在地下保证收听效果,埋地线的地方还要经常保持湿润才行。这就是当时农村生活的真实写照,幸亏有这样一个小喇叭,才让农户人家有了一个了解外面世界的渠道。别看这个四方形的小红话匣子看上去很不起眼,却硬是成了我家的稀罕物,被悬挂在门框上方最显耀的位置。按照父亲指示,我们几个孩子要隔三岔五轮流踩着凳子、踮着脚跟,用抹布小心擦拭,直到话匣子外表光洁透亮为止。小喇叭每天分早中晚三个时段播出,这三个时段也正是庄户人家吃饭的时候,一家人围坐在饭桌旁,一边吃着粗茶淡饭,一边听着广播,如果谁家里有什么事情,也借这个机会顺便交代一下。怕的是这个时候有重要新闻,或者是乡里有个什么会议通知,那样我们就只有听的义务而没有说话的权利,甚至连吃饭带出的声响都不行。只见父亲放下碗筷,蹲在地上,手上卷着莫合烟,仰着脑袋两眼一直盯着墙上的喇叭,仿佛我们今天盯着电视屏幕一样,能看见里面人物的一举一动。如果此时恰好遭遇刮风和下雨,喇叭会发出杂音,"刺啦啦"乱响,父亲的脾气就上来了,吹胡子瞪眼地让我们赶紧处理故障。因为不知道故障是受外面天气影响,所以我们便自作聪明地在地线上大做文章,挖出来埋上,埋上再挖出来。看效果不明显,就一勺一勺往地线上浇水,踩得满屋都是泥巴,父亲更是急了,在地上乱转圈子,口中还不停唠叨:"不知道你们把学上到哪里去了,不知道你们把学上到哪里去了?"头摇得像个拨浪鼓似的。

也有让我们特别开心的时候,那就是收听放映电影的通知。每当这个时候,我们就觉得乡上的广播员是世上最好的一个人。"通知,通知,今天晚上有电影,一部是国产电影《智取华山》,另一部是外国电影《第八个是铜像》……"播音员略带本土方言的广播通知,至今印入脑海,记忆深刻。记得收听放映电影的通知,大抵是在下午上工的时候,这个时候我们正在山上放羊,第一个听到消息的孩子便欣喜若狂,就像电影《鸡毛信》当中的海娃一样,急忙脱下衣服在空中来回摇晃,而且一边摇晃,一边对着另一座山头的同伴高声传递讯息:"喂——喂——,听见了没有,今天晚上有电影，今天晚上有电影！"于是，还不等到羊群完全吃饱肚子，我们便不约而同地提前收圈，然后回屋"咕咚咕咚"喝一大勺凉水，拿上一块干馕跑着跳着就走了。因为是夏天露天放映，周围许多人家都倾巢出动，聪明一些的孩子捷足先登，早早地赶到现场抢占座位。所以常常是人还未到，地上砖头瓦块却摆了一大溜，等到电影正式放映之时，找座位的人就大呼小叫，噪声一片，遇上个争嘴和相互撕扯的，有时比看电影还热闹。等看完了电影再瞧，走的已经走了，睡的还在那里躺着，冷不丁被人拉起来，早已糊成了土蛋蛋，于是急忙拍打身上的土，一时间放映场上人头攒动、尘土飞扬，夹杂着此起彼伏的一声声呼叫，热闹极了。

后来生活有了一些改善，家里才添置了一台带电源的台式收音机，墙上的喇叭就成了摆设。收音机不仅功率大，接收的台也很多，中央的、地方的都有，而且有几个语种可以任意选择。这下，我们家就显得特别与众不同了，母亲一直喜欢听维吾尔语台，特别是赶上播放歌曲，一边忙着手中的家务，一边跟着轻声哼唱，幸福的笑容就像花一样开在脸上。我们兄妹几个则以听汉语为主，除了电影录音剪辑，尤其喜欢收听曲艺类节目，对马季和唐杰忠表演的相声《友谊颂》，已经到了痴迷的程度。只有父亲是维吾尔语、汉语和哈萨克语兼而听之。从国际时事到全国联播再到自治区新闻，一个都不能少，一句都不能落下。只见他一会儿眉头紧锁，一会儿又频频点头，激动之时还会口中念念有词："大江南北，举国上下，真是家大业大，骄傲中华啊！"所以我们家往往人闲了，收音机却闲不住，从早响到晚，一阵维吾尔语，一阵汉语，又或一阵哈萨克语，让电费超支了不少。不过时间长了，人的需求又开始发生变化了。有一段时间，父亲就特别想有一台微型半导体收音机，主要是因为携带方便，可以随时带在身上，即便出去到地里干个农活，也不耽误收听新闻。尤其是晚上躺在床上辗转反侧的时候，有一台收音机伴随在身边，便能很快入眠。后来父亲还真养成了这样的习惯，人早已酣然入睡了，可收音机还在枕边一直响着，母亲也就习惯成了自然，经常半夜三更爬起来关收音机。而今不要说我随了父亲，就连我的孩子都受到影响，喜欢躺着听收音机。正如当年母亲一样，我也时常在夜间给熟睡的孩子关掉收音机。

有一件事情至今不能忘怀。那时我正上初中，也就十四五岁的年纪。一个寒假的早上，随父亲去山里的牧人家拉一只病山羊，考虑到来回几十公里山路，父亲就让我赶着邻家的毛驴车上路。去的时候觉得新鲜好玩，赶着毛驴一路小跑，似乎不知不觉就到了。来到牧人家，父亲和主人经过一番寒暄之后，就从牲畜膘情到当下饲草供应聊了大半天。我记得那是个冬窝子，地处深山老林，就一户牧人家，喝的是雪水熬成的奶茶，吃的是干硬的包儿萨克。也许是父亲和主人长时间不曾见面，话就多得好像说不完。谈兴正浓时，茶就越喝越香，包儿萨克也越嚼越有嚼头，两个人都红光满面的，头上冒着热气。我却开始感到很不适应，总觉得奶茶有一种涩味，只喝了一碗就学着大人的样子用手捂住碗口，连声说"好了，好了"。至于包儿萨克本想多吃一点，但没有水就着，刚吃几个就噎得不行，也就作罢。肚里没有东西，身上就没有热量，等往回走时，已是饥肠辘辘，浑身没多少劲了。好像天公跟你有意作对，又是刮风又是下雪的，冷得要命。我在车上蜷缩一会，再跳下来跟在驴车后面慢跑一会，跑累了又蹬上驾位，索性怀抱着鞭子，半醒半睡，任毛驴晃晃悠悠地往回赶。我估计毛驴和我一样饿着肚子，不但没有归心似箭般一路小跑，反而像老牛拉破车似的无精打采。走了接近一半的路程再看时，父亲的眉毛胡子都是白颜色的，毛驴全身结了一层冻霜。或许是同主人话说得太多，父亲有点疲劳，偶尔问我几句什么，就不再言语，一手高高竖起大衣领子，一手不时清扫着那只病山羊身上的积雪。我的意识好像渐渐蒙眬起来，就觉得自己如同安徒生笔下那个卖火柴的小女孩，在漫天大雪之际，没有一处可以暖身的地方。为了一丝火光，只好迫于无奈去点燃一根火柴，熄灭之后再点燃一根火柴……隐隐约约中仿佛依稀听得传来一阵天籁之音，下意识睁开惺忪睡眼回头一看，原来是父亲正在摆弄半导体收音机，声音就是从那里传来的。当时我听到的是样板戏《智取威虎山》之中的经典片段——打虎上山。"穿林海，跨雪原，气冲霄汉……"杨子荣那高亢嘹亮的声音，就像冬日里的一把火，由远及近，极具感染力地一下温暖了我的身心。我的意识开始恢复，思路也变得逐渐清晰，早先有些饿得发蔫的身子骨，猛然间又精神抖擞了。"得儿，驾！"我使劲挥一个响鞭，赶着毛驴车一路小跑起来。

到了最近这些年，半导体又有了新的发展，不仅有数码显示的新型收音机，也有功能完备的智能手机之类的数码产品。即使到了今天的互联网时代，半导体的作用依旧是无法替代的。就像我这样，每天醒来头一件事，还是习惯性打开收音机，让新的一天依旧从"新闻和报纸摘要"节目开始……

童　年　意　趣

　　小时候喜欢爬树,我们芦草沟一带多榆树、柳树,还有沙枣树。春天的时候榆树结榆钱,一根根树枝条,像毛毛虫一样缀满了榆钱,鲜绿鲜绿的,诱人得很。爬到树上捋一把塞进嘴里,有一种特别清香绵脆的味道。光自己吃不行,还要照顾家里人,打了鸡蛋,掺上苞谷面,蒸成"琼琼子",就成了青黄不接时节的一顿美餐。夏天的天长且闷热,把羊赶进圈里,还得爬树撇些树枝,羊爱吃树叶,中午给羊加过"餐",人就可以多躺一会。我的眼尖,爬树之前,就把一棵树从上到下都仔细观察过了,尤其是那些干树枝,烧火做饭都是最好的燃料,哪怕再高,也要想办法弄下来,不用花钱就能轻而易举得到了。

　　爬柳树有三种可能。一种情况是小伙伴们玩打仗游戏,学着电影里小嘎子的样子,用柳树条编个帽子戴在头上,手里再拿个木头盒子枪,挥手喊一声"冲啊",还真有那么一点样子。还有一种情况是吹"柳哨",我们叫作吹"咪咪子"。具体讲就是折下一根柳树条子,取最直也最光滑的一截,用刀子把两头削齐,拧一拧,然后在两头捅一捅,慢慢地树皮就松动了,转着圈一边搓拧,一边往外抽枝,这样树皮和树枝就分离了。最后用小刀把空管的一头刮一刮,外皮就不见了,留下一截黄内芯,放进嘴里一吹,"呜哇,呜哇"就响了。第三种情况是急救牲畜,这也是我们对柳树肃然起敬的一个原因。农村大多都养牲畜,不管是体型大的牛或马,还是体型小的羊儿,一不小心就有可能食物中毒。比如我们放羊,羊不小心吃了三瓣苜蓿,肚子就发胀,鼓起来,如果抢救不及时,就会把命搭上了。所以这个时候,就会有人急忙爬到柳树上,折了树条子,塞进牲畜的口中,想办法让牲畜咀嚼,尽最大可能挽救一条生命。

沙枣树最吸引我们的,除了花,还有枣。沙枣花香,那是出了名的,花开时节满树金灿灿、光艳艳,仿佛身披黄金甲,熠熠生辉,芳馨扑鼻。其香浓似海,其味美无穷,整个沟谷如同喷洒了清香剂,令人五脏六腑被熏染,浑身上下皆舒畅。蝴蝶被招来了,蜜蜂也被招来了,花枝招展的姑娘们也被招来了,凑到花前闻一闻,心花怒放;撷一枝沙枣花带回家,插进水瓶之中,蓬荜生辉,满屋子飘香,做梦都如诗如画。沙枣的果实先绿而硬,小如麦粒,酸涩难下口,等到成熟季节,变得黑而软,像葡萄一样密密麻麻垂吊着,一簇一簇的如指头蛋子大小,黑亮黑亮,看上去极具诱惑力,放进嘴里尝一尝,甜而沙,酥而美。劳作了一上午,坐在沙枣树下歇一歇,捋一把沙枣尝个鲜,口齿留香,心沐春风。

鸟儿们在榆树上筑巢的多,沙枣树上相对偏少,柳树退而求其次。特别是我们杨家庄子下面的苜蓿地一带,早先一圈全是树,尤以榆树居多,枝叶繁茂，"黄缠"绕身。所谓"黄缠"，其实是一种草，是我们乡下孩子杜撰的名字，形状像粉条，细长脆软，指头一掐就断了，水分足、生长快、富含营养，是羊的心爱食物，一把子一把子抱回家，羊儿见了齐声"咩咩"地叫着围上来，吃的头都不想抬。"黄缠"黄的多，红的少，一个劲伸着身子往上蹿，遇上什么缠什么，一圈一圈的，厚实的很。我到苜蓿地，一是为了掏鸟窝，二是为了拔"黄缠"，我的好奇心满足了，羊儿也享了口福了。

很多鸟窝都是我在拔"黄缠"的时候发现的，有的隐藏在浓荫里，有的修筑在枝杈上，有的就长在人的脚边，若不注意根本看不见。鸟窝有大有小，有的结构复杂，有的则简单。比如斑鸠窝，几乎只有平平的一堆干柴棍，没有任何遮挡，而有些小鸟不但筑巢的材料丰富、精细，巢的形状也好看、结实，像碗一样底小口大，抱了小鸟也安全，那才叫安乐窝。斑鸠和杜鹃的蛋大一些，夜莺、画眉的蛋则小，花花绿绿的鸟蛋躺在鸟窝里，有时候摸上去还发热呢。

小孩子掏鸟窝是天性，爬到高树干上也不怕掉下来。瞅准一个鸟窝，一直密切关注，按时看一下鸟窝。当然这样的观察，必须悄无声息，秘密进行，一是不能惊吓到鸟，否则鸟就会弃巢飞离。二是不能让别人知道，不然小鸟孵出来了，或许就会变成其他小伙伴的收获。从孵蛋到小鸟破壳而出，一对鸟"夫妻"忙进忙出，竭尽全力，然而到头来或许一无所获，不是被蛇吞噬了，就是被人为破坏了。所以鸟儿也有奇招，当你靠近鸟巢时，鸟一边假装哀叫着，一边好似受了伤，呼啦着翅膀在你面前，飞一下，跳一下，叫一下，摆出一副可怜兮兮的样子，让你上当受骗，离鸟巢越来越远。

小鸟刚孵化出来就是一个小红肉蛋蛋，俗称"红勾鸹鸹子"。雏鸟全身光秃秃、明晃晃，没有一根羽毛，几乎能看见一条条脉络，像虫子似的爬动。雏鸟眼睛紧闭着，鸟喙细小，嫩黄，然而听到父母归巢，便会习惯性一起张开嘴嗷嗷待哺。等大鸟出窝时，树枝上到处都是叽叽喳喳的小鸟，"呼啦啦"飞过来，"呼啦啦"又飞过去。这个时候就怕鹊鹞子攻击，鹊鹞子来了，不要说雏鸟，就连大鸟也招架不住，只得听天由命。

我掏鸟窝还有一个原因，是因为队上一个知青，他特别喜欢鸟，整天跟在我屁股后头，让我帮忙抓上几只小鸟养着。说等哪一天他回城探亲办事，顺便带一个漂亮的鸟笼子回来，放在窗台上，听着鸟儿欢鸣的唱歌，烦心事就少了。当然不能让我白抓鸟，是要给我报酬的，这对我的诱惑比较大，于是当即就应承了下来。雏鸟太小，难伺候养不活，太大又会出窝飞了，要等不大不小，掏回来后可以直接喂蚂蚱的时候最好。蚂蚱有旱蚂蚱、油蚂蚱之分，旱蚂蚱在山坡上、草丛里都有，颜色呈土灰，因为有翅膀会飞，捉的时候要机敏，眼力好。油蚂蚱藏在庄稼地，土坷垃下面，黑亮肥实，只会跳，不会飞，小鸟吃了长得快。然而养了几次都不成功，要么被猫叼了，要么自己飞走了，当我再次见到那个知青时，他低着头，红着脸，很是不好意思。

鸟雀怕蛇，我也最怕蛇。蛇像绳子一样弯曲，冰雪一样阴冷，电打的一样迅疾，不知藏在什么地方，也不知什么时候从何处冒出来，人不知、鬼不觉，阴森恐怖，防不胜防，若是猛然间被咬一口，命就有可能没了。所以放羊的时候，拔草的当儿，手里必须有根棍，用来打草惊蛇，这是大人们教的方法，要时刻记在心头才行。那些年蛇特别多，沟渠边、庄稼地、山梁上，甚至住家户的柴火堆里，时不时就可能遇到一条蛇，或盘在一起，或游动逃走，抬着头，吐着信子，让人心里发怵。有一次，一个伙伴上气不接下气跑过来说，湖滩边苇子地有一条粗大的花蛇，从洞里伸出头，张开大口，把一只只觅食的麻雀吸进肚里。"麻雀排着队往长虫嘴里送呢！"小伙伴气喘吁吁地说。我们乡下把雀念做"qiǎo"，掏鸟窝就是掏"qiǎo"窝。长虫为蛇，鸟排着队往蛇嘴里送，闻所未闻却又让我们充满好奇，去瞧吧心里害怕，不去吧又感到千载难逢，于是就急中生智叫上胆子大的沙利哥，一路跟着小伙伴来到湖滩苇子地。

所谓的湖滩，是指一大片沼泽地，因为水越来越少，被称作"闪电湖"。湖滩的草相对而言，要比山上的长得旺盛，一到春夏，人们喜欢把牲畜拴固在湖滩，过一两个小时换一个地方，省心不费事。上面就是苇子地，密不透风的芦苇高过房顶，风一吹像波浪起伏，一片葱绿，充满生机。我们经常在芦苇丛中捉迷藏，只听人在叫，看不到身在何处，就像《沙家浜》里的芦苇荡，一条小船划进去不知何时才出来，是一个休憩藏身的好地方。那些年住的全是土坯房，到了秋天割了苇子，编成草帘子铺在房梁上，看上去整洁、美观，还耐用，芦苇成了不可或缺的建房材料。或许正因为这一片芦苇荡的存在，芦草沟乡才因此而得名，后来虽有一段时间易名，改换成东山公社，但没有维持多久又恢复原称。而我们就正好生活在这一片割舍不断的热土上，对芦草沟这个称呼有着一种与众不同的特殊感情。

实际上那位小伙伴是看走了眼。湖滩确实有蛇，但根本不像他说得那么玄乎，我们压根没有找到那只胳膊一样粗大的花蛇。倒是随我们一同去的沙利哥，从草丛里发现了几处鸟蛋皮，看上去还很新鲜，显然是有一条蛇从这里经过。沙利哥拿根棍子一边走，一边扒拉，很快找见一个蛇洞，点上柴火一熏，不一会一条蛇就从洞口爬出来了。我们吓得躲闪到一旁，沙利哥则跑上去一只手用棍子压住蛇头，腰子一躬，用另一只手急速抓住蛇尾巴，挥着手臂在空中甩了好几圈，猛地往地上再一摔，蛇就像一截草绳，扭动了几下，不再动弹了。沙利哥告诉我们："抓蛇要按头，打蛇打七寸，再厉害的蛇一下子把头控制住了，蛇再有劲也使不上了。"后来沙利哥把这条蛇装进一个玻璃瓶子，挂在门前的木头杆子上，过了一段时间，蛇从弯曲的肠子状融化为酱油一般颜色的蛇油，油汪汪、稠糊糊，要是有谁遇上腰疼腿伤，粘上抹一下，据说疗效不错呢。

有疗效的不止有蛇油，还有让女孩子们"鬼迷心窍"的小蝌蚪。农村沟渠有的是长流水，有的天旱就断流，原先自然形成的水洼就被癞蛤蟆侵占为繁衍生息的理想场所，一片"咕咕"声不分昼和夜。先是一个清水小池塘，后来漂起一层绿色黏稠物，随后又泛起一层白色泡沫，像狗拉羊肠子似的，随波逐流。不几日再仔细瞧，一个个黑豆点拖着一条短小的尾巴，充满生机地游动。这就是小蝌蚪，我们则称之为"蛤蟆咕嘟子"。有人说，将蛤蟆咕嘟子和水一起喝下去，能治疗姑娘脸上的雀斑。很多女孩子居然信以为真，捧起一个蝌蚪和水一起灌进肚子，觉得不够劲，再捧起三五个蝌蚪一口咽下去，不少女孩子也不甘示弱，相互攀比看谁喝的蝌蚪多。不知后来谁又吓唬说，蛤蟆咕嘟子喝到肚子里，慢慢会变成一个个癞蛤蟆，在人的肚子里"咕咕"叫呢。这下子原先喝过小蝌蚪的那些女孩子们一个个垂头丧气、忐忑不安，只要肚子"咕咕"一响，就真的以为是蛤蟆叫呢，吓得不轻。

力 气 活

农民靠土地生存,凭力气干活,特别是二十来岁的小伙子,手脚若不勤快,眼里没有活,就会连一个媳妇都娶不上。而活有轻有重,有急有缓,轻的缓的留给女人,重的急的男人承担。一个挖煤,一个撬石头,都是考验人毅力和胆识的重活,很多农村小伙都干过。挖煤不但费力气,最主要是危险。

撬石头是在山坡上,选好石头窝子,清理好场地,通俗地讲就是把最上面的沙土和风化石清除干净,顺着槽口开始由上往下撬石头。撬石头的工具是铁锹、钢钎和榔头。铁锹有长有短,材质坚硬耐用,使着顺手,找准一处石头缝隙,拎起铁锹,一点一点用力插进石缝。先别再压后撬,一次不行两次,两次没反应接着再来,石头缝隙逐渐变宽、变深,石头随之松动,再一用力,一块石头就有可能撬下来了。

好石头发青,带一点蓝,铁锹撞击后也就留下一个小白点,坚不可摧,是当作基石的最好原材料。都说"基础不牢,地动山摇",有了这样的石料做基础,楼房盖得再高,都很结实。所以不论农民自建房还是在城里盖楼,都要首先选好基础石料。然而这石料却来之不易,全靠壮劳力一撬一撬,一榔头一榔头,一炮接着一炮开采下来,码齐堆放好,再一块一块装上车运到山下农户家,或者城里建筑工地,手上磨出一层老茧不说,身上也如同脱了一层皮。

石头从窝子上撬下来,有的大若磨盘,一个人根本抱不动,两个人抬着也吃力,就必须用榔头砸开。榔头有大号的,也有小号的。大号榔头的头大把子长,带有弹性的木把子抡起来特别有劲,随着抡榔头的人猛地"嗐吆"一声喊,榔头把子像弯着的弓一样弹出去,"当"地重重砸在石头上。若情况好了,石头裂开一条缝,若砸不对地方,石头只是动弹一下而已,留下小小一坨白,只得三番五次抡榔头,一个人抡乏了,另一个接着砸,石头不裂开,榔头不能歇。要是在夏天,头上的太阳像火一样烤晒着,身上像下了雨似的汗流如柱,然后不停地大口大口喝酽茶,人好像洗了个澡,浑身上下湿漉漉,不成个样子。

有些石头窝子,采到一定程度光靠人力解决不了问题,就得上炸药了。先要在石头上打好孔,然后放炸药、布雷管、接线。打孔一个人完成不了,要两个人配合,一个人蹲在地上掌握钢钎,一个人抡榔头砸钎。钢钎根据需要截取长短,呈螺旋状,尖头,榔头砸一下,钢钎转一下。手上不但要有力,还要胆大心细砸得准,本事要靠千锤百炼修炼成,不然一榔头下去砸偏,伤到人,那可不是闹着玩的。另一个人只管低头握钢钎,上边砸一榔头,他就在下边调整一下角度,保证孔洞直而圆,为打好基础还要随着进度掏石渣土(掏石渣土的工具状如放大的"挖耳勺"),砸一阵,停下来掏一下,循序渐进。榔头势大力沉,砸在钢钎上产生巨大的震颤,即便戴一副帆布手套,握钎的两手依旧被震得生疼,甚至出血,再则,地上蹲久了,腿也会麻木,站都站不起来。

打好炮眼,埋好炸药,拉好电线,还要人站在山坡上挥动手臂放声高喊,确保山上无人后再藏起来放炮,只听"呼隆"一声炮响,一股股烟尘腾空而起,一片片碎石从空中落下来,"噼里啪啦"响彻山谷。当出现哑炮时,必须及时处理,否则会留下隐患。有一次,我和同村的铁毛尔放学回家,路过一个废弃的石头窝子,一时内急,就急忙跑向石头窝子去解决。这当儿,就发现一根炮捻子露在石头上面,拽了一下,下面还有一截,突发好奇心,鬼使神差地我就从口袋里掏出火柴点炮捻子,试了好几下,就是点不着,再仔细一看,炮捻子被雨水浸湿了,这才罢手。如今想来不免后怕,不然今天我也不会坐在家里写这篇回忆文章了。

除了挖煤撬石头,农村当时还有几样重活。先说扛麻袋,如果装的是麦子,满实满载百十公斤左右。一木锨一木锨把麻袋装满,两个人铆足了劲再晃一晃麻袋,麦子稍有下沉,再装几木锨,收口就看着有点紧。于是两个人再同时用力,提起麻袋在地上撴一撴,最后像包包子褶似的收起麻袋口,用麻绳紧紧捆扎好。麻袋瓷实实、滑溜溜、重腾腾,手臂短了围拢不住,力气小了抱不起来,只能几个人一起使劲喊着"一、二、三",从打麦场上将一袋袋麦子装上马车,随后一个个气喘吁吁、大汗淋漓,坐在石碌子上歇息。然而有不少车户,到了卸粮的仓库时,都能一人扛着一个麻袋就走了,腰不弓,腿不弯,气不喘,不佩服不行。一次,两个车户打赌扛麻袋,谁输了谁就把一天的工分算到赢家头上,结果一个人卸了一整车,一个人扛了七八麻袋,赢者兴高采烈地唱小曲,输者哭丧着脸,闷头抽起了莫合烟。

再说上房泥。草泥拖泥带水，分量重，干活的人要赤着脚，光着膀子，背朝墙，铁锨头朝上，一锨一锨把草泥铲起来，然后抡起手臂，奋力扔向房顶，一要靠爆发力，二要靠耐力。没有爆发力，泥巴上到房顶的少，半空洒落的多，空费体力还遭人笑话；没有耐力，一开始兴致勃勃，劲头十足，几铁锨或者一时半会问题不大，铁锨泥巴铲得满，一锨一锨扔的都在地方，可是随后不是速度跟不上趟，就是铲泥少，而且扔不到大工的需要处，前紧后松、虎头蛇尾，没有几个回合就败下阵来。更何况要坚持两三天就有可能吃不消了。我就干过这样的活，那是给自家上房泥，只干了一天就受不了了，身上糊得一塌糊涂不说，人也像散了架，躺在炕上动弹不得。然而当时村里有个壮小伙，是个挖土提水、和泥上房的一把好手。他泥巴铲得满，地方撂得准，地下的活全包，房上的大工不喊停，挥锨的手就不松开，一鼓作气，有说有笑，一个人还能干两个人的活，一点不偷懒，一点不觉得累。于是就有人竖起大拇指夸赞："干活就需要这样的人，看见活一点不怵乎，干起活从来不惜力！"

烧窑出砖也是力气活。从生土坯子到熟红砖，泥土发生了质的转变，靠的是砖窑炭火的不断烧烤和冶炼。一座砖窑长而宽，呈梯形状，窑身开有不少门洞，砖坯子一车一车推进去，按一个个窑口整整齐齐码好，然后堵门洞，点上火，等着一窑一窑的砖烧好，再停火开门洞降温。虽说如此，出砖还是一件又要出力、又经烘烤的事，走进砖窑仿佛钻入镶坑一般，一股一股热浪扑面而来，闷热难挨，连呼吸都觉得困难。戴着手套或者拿着铁夹钳，还是会有人不时被砖块烫到，砖挨到哪，哪就感到一阵热烫，有的还会顿时起泡，一阵痛一阵痒，好不难受。用最快的速度装好砖，推着人力车就往外跑，好像身后狼在撵，不想多待一分一秒。最可怜的是往出背砖,从屁股一直码到脖后根,一次十几块砖,一天几十个来回,活重都成了次要的,人的脊背被烫得红一块、紫一块,晚上睡觉不敢仰躺着,于是出了砖窑总想东躲躲、西藏藏,借机磨洋工。至今想起来,还像芒刺在背,心有余悸。

煤 之 缘

　　芦草沟煤炭多，尤其是磨石嘴子往下，二大队到三大队一带，扭头东西望一望，举目就能看见两侧山坡上零星耸立的井架子。如果再翻过几座山梁，一边是一分厂、炭厂，也就是人们叫的小红沟、大红沟；一边是二分厂、三分厂和八道湾煤矿。沿着炭厂副业队从小红沟进去，还有米泉井冈山煤矿，而从石化方向拐入铁厂沟，则是铁厂沟煤矿。

　　这些煤矿当中，不仅有地方的，也有兵团的。到了冬季，烧煤做饭取暖，是一项不小的开支，家家盘热炕，打火墙，快到睡觉时，一律将炉灰压在炭火上，减缓煤炭燃烧速度的同时，尽最大可能让屋子保持一定的热量。

　　然而冬天太漫长，存放在炭房子的那点煤炭烧不了多长时间，就从一开始的一座小黑山包，继而变作一个小煤堆了。烧煤是刚性的，节省也是必需的，实在没有办法，只有到附近的矿上拾煤。那时一个公社只有两三辆汽车，要么是老"解放"，要么是苏联"69嘎斯"。一个生产队只有三四辆马车，还都是集体的，运输任务繁重，一般家庭根本指望不上，除非有毛驴车，不然就得靠人拉爬犁。

爬犁几乎家家都有，用木头和板子制作而成，有的大而结实，有的小而灵巧，上面不是固定有筐子，就是绑着一个麻袋。想要省力增速，有人就想方设法找两根指头粗的钢筋，按照爬犁尺寸，烧红后将两头折弯，加固在爬犁下面，用手一拉绳子，轻轻松松就走了。

当时我们拾煤，去的最多的还是距离我们村最近的煤矿，几个人一做伴，说着笑着就到了。煤矿有两个井架子，立在高高的石头砌成的底座上。井架子全是钢铁焊接而成，抬头仰望，才能看见最上面转动的大大的滑轮。时间一到，铃子一响，在不远处的卷扬机房里，操作手一动操纵杆，随着一声轰鸣，钢丝绳就颤动着从滑轮上开始滚动，不一会儿，一个巨大的长方形井筒子，"丁零咣啷"地就从井口升上来了。钢丝绳拉到了井架子最上头之后，立刻被两副铁托托住，继而再一倾斜，"咣当"一声，煤炭就顺着漏煤槽倒进煤斗车里。当班的人先是推一下煤斗车，紧接着跳上去，沿着轨道走不远，拉刹车，再去挂钩，两手一使劲，斗车顺势一斜，煤炭像一道黑色瀑布倒落在不断隆起的煤堆上。

煤矿有严格的操作规程和安全措施，闲散人员一律不准靠近井架子，即便是拉煤的司机，也要按要求将卡车停靠在指定的装煤区域。像我们这些拾煤者，只能远远地将爬犁藏在暗处，一手挎着一个小筐子，或者提拉着一个小袋子，像黄花鱼一样溜边瞅机会。因为同在一个学校上学，我们和煤矿的一些孩子混得很熟，不但在一起学习，还经常凑在一起打髀石,玩杂杂,到了夏天请他们到我们家里来吃玉米棒子,而如果煤矿上放电影,他们则在第一时间告诉我们,甚至给我们占座位。时间长了,我们也学会了很多关于煤矿和煤炭的知识,譬如煤是分槽和走向的,矿井不但有竖井,还有巷道;矿工下井都戴安全帽,头上还有矿灯。井下最怕冒顶、透水,还有瓦斯爆炸,如果撤离不及时,人就有生命危险。当时我们觉得煤矿工人虽然有钱,但风险也不小。然而不管怎么说,他们还是教给了我们最实惠的办法,就是如何辨识煤质的优劣,在哪里拾煤既省时还能收获大。

如果只是我们队上的孩子拾煤也就罢了,七队、九队的娃娃也在这里拾煤。人一多,目标大,只能把心思用在老老实实拾遗补阙上,也就是远远看见煤矸石堆边几块黑煤疙瘩,一窝蜂拥上去,谁下手快,就装进谁的筐子和袋子。或者一辆拉煤车开过去,遇上道路沟坎一颠簸,从车厢洒落一些煤渣,我们便不顾危险,就像哄抢美味佳肴般把一块块遗落的乌黑发亮的块煤,压在自己身下,别人就不好意思再下手了。毕竟狼多肉少,有时搞不好还伤和气,自然就想在煤堆上打主意,说得直接一些就是偷煤。一开始都不敢,生怕被生擒活捉,眼见着天越变越冷,肚子又咕咕作响,而身边则有同伴屡屡得手,起了"示范效应",于是就禁不住诱惑,跃跃欲试,最后发展到趁人不注意,猫着腰,低着头,壮着胆子偷偷溜到煤堆后面,抱上一大块煤就跑,侥幸没有被发现。尝到了甜头就还想再试,同样也得手了,紧张得心怦怦跳,却高兴得合不拢嘴。这时有人再一撺掇,就想第三次冒险,这一回则撞到枪口上了,不但自己被逮住,一帮子拾煤的伙伴们全被赶进了煤矿办公大院,关在了一个大黑房子里。先是集体被训斥,随后一个一个登记在案,同时警告我们不可再犯浑。不过,事情并没有想象的那么严重,我们当晚全部都被放了出来,收缴的爬犁也还回来了,总算是虚惊一场。后来才知道，一是村上出面，说了好话；二是煤矿的同学帮忙求了情，本着教育为主的原则，矿上这才放了我们。

说到一分厂，主要和炭厂的同学有关。炭厂是芦草沟公社自己的煤矿，矿井先后挪了好几个地方，后来两个井口子都盖在高坡上，炭厂的孩子到学校上课，两个矿井都成了必经之路。当时学校在二大队，要翻过一座山，经过一处坟园弯子，抄近道走过一片庄稼地，才能到达学校。每逢下雨天，同学要么迟到，要么干脆不来上学。到了冬天下大雪，爬山的时候摔跟头成了家常便饭，小学、初中熬下来确实不容易。炭厂的同学有两个最大特点：一是很多人会开汽车，二是篮球打得好。因为拉煤的车多，一来二往中就和司机有了交集，摸方向盘的机会自然多，久而久之，就学会了开车，而且一开就是大卡车，当时虽说手上没有驾驶证，驾驶技术却出奇的好，成了我们羡慕的对象；篮球打得好，取决于炭厂有打球的传统，每年公社举行篮球比赛，炭厂队实力不可小觑，成了其他球队重点研究对付的球队。有了上一辈的传帮带，下一代的球技肯定不会逊色，钻篮、突分、拉杆和三分球，各自都有特长，融合在一起，整体水平就不错。

我对炭厂有感情，原因是最早我们家也在炭厂，高中毕业后，我还在炭厂教学点代过课。每每爬到山梁上都会停一会，看一看炭厂和一分厂，再回过头瞧一瞧芦草沟。一边是井架子、塌陷坑、拉煤的车辆，一边是绿油油的庄稼、茂密的树木、山坡上游动的羊群；一边给我留下过去关于父母的记忆，一边是我们梦开始的地方。炭厂还有父母的老相识、旧街坊，加之还有炭厂的那些同学，经常你来我往不在话下。而和炭厂同学前往一分厂一起打比赛，就成了我们暑假的一项重要娱乐活动。和二分厂、三分厂比起来，一分厂的绿化最突出，尤其是篮球场，球场四周全是树干，浓荫蔽日,凉爽宜人,球场的地面是用砖铺的,运球的感觉比土场子好多了。关键是比赛不但有裁判、记分册,还有不少观众,打起比赛来令人劲头十足,信心满满。在那么多热情友好的观众面前,我们都想突出自己,展现个人球技。如果有球员能带球突破防守,一条龙冲到底线,再一个三大步上篮成功,立时能赢得一片喝彩。即使一个个汗流浃背,气喘吁吁,却不想被换下场休息,仿佛铁打的一样,都想坚持到最后一分钟。

和米泉井冈山煤矿的缘分,也是源于同学的关系。当时井冈山煤矿的几个孩子在公社学校上学,而且通过这几个同学,又认识了在井冈山煤矿一个叫作阿日甫的同龄小伙子。有一日,九队的同学高兴地对我说,他和炭厂的同学前几天去了阿日甫家,正好他父母到阿克苏探亲,他们就自力更生,做了一锅鸭子肉抓饭,味道太好了。那些年吃一顿抓饭就像过大年,更不要说是鸭子肉做的抓饭,听后我便嘴馋的要流哈喇子。九队的同学还说,已经和阿日甫商量好了,星期天还要去他家吃抓饭,到时候叫我一起去。等到了星期天,我便和大家一起去,有人宰鸭子,有人淘米,有人切黄萝卜,好不热闹。好不容易等抓饭做好了,正当大家狼吞虎咽、有滋有味吃了一半时,门突然开了,阿日甫的父母扛着大包小包回来了。我们仿佛一群偷食的馋猫,看到主人猛地出现在面前,一个个低着头、红着脸,赶快起身灰溜溜地逃走了。后来听阿日甫说,他父母根本没有一点责怪的意思,是我们多心,胆子也太小了。

二分厂过了就是七队,顺着山边走,过了麦场不远就到了。有好几个井架子,煤堆得像山一样高,不但拉煤的车多,还和小红沟口一样,也有铁路专运线,遇到火车拉煤时,汽笛一响,老远的地方都能听到,穿透力太强了。到了晚上,我们杨家庄子就能看到二分厂的夜灯,一束白色的光线射向远方,亮得耀眼,我们都叫"探照灯"。下巷归来的矿工都要泡澡堂子,而农村除了渠沟和涝坝,没有室内泡澡的场所,因而二分厂的澡堂子就成了我们向往已久的地方。先是七队的同学去洗,后来我们也跟着去,赶上矿工下班,澡堂子里挤满了人。我们就先四处瞎逛,去的最多的地方是门市部,身上都没有钱,只能干瞪眼,过过眼瘾。等澡堂子人少了,我们急忙溜进去,三下五除二脱了衣服裤子,光着身子跳进热水池子,一边相互帮着搓背,一边羡慕地看着矿上的工人打香皂、拧毛巾、换洗衣服,不比不知道,一比生活的差距就显现了。然而我们依旧感到满足,不仅泡了澡,洗了淋浴,冲刷了自己,提振了精神,关键是我们还是偷着进去的,却很少被矿上的工人赶出来,自尊心没有受到伤害,这就非常不容易了。

三分厂也叫碱沟,由于过了二分厂还要翻山,去的机会相对少一些。印象深的一次是七队的马车在三分厂拉石头搞副业,我们有一个同学说想去看看赶车的父亲,让我们陪着去,于是一帮同学一块去了。那是冬天,从三小队出发,沿着去往八道湾的崎岖山路,一路走一路喧谎,经过荒无人烟的山沟,渴了吃口山上的雪,饿了就强忍着。赶到三分厂后,当地人说搞副业的人都回去了,好像是从地磅那边走的,阴差阳错,没有碰上。我们肚子饿得不行了,还是没有吃的,只能饥肠辘辘、无精打采地往回返,乘兴而去,败兴而归,想起来都后悔。

那个年代的时尚

　　最早见人戴口罩是20世纪60年代末的一个深秋。那天我正在山坡上放羊,看见一个年轻女子沿着去老乡政府的土路,娉娉婷婷朝前走。土路就在山坡下,坑坑洼洼,高低不平,有两道深深的车辙印,像是刻在大地上的两道伤痕,一直伸向不远处的那座山包。女子路过我们庄子,正巧有人出来打水,就听到两个人的一问一答:"大妈,提水呀?"女子回过头亲切打招呼。"哎呦,这不是小霞吗,上街去呢吗?"大妈问。说话之前,年轻女子脸上有一块遮挡口鼻的白布,见到大妈时,她手向耳后一捽,带子一松,那块白布从一边掉下来,露出口鼻,一边的带子仍挂在另一只耳朵上。我这才看清,这个走路姿势优雅、说话声音甜美的漂亮女子,原来是李大伯家的三女儿。因在城里上班,潜移默化中受到城市影响,烫着刘海,系着围巾,说着普通话,如今又口鼻捂一块白布,难道不怕影响呼吸么。

很快我就知道,这个新鲜玩意儿叫口罩,天冷戴着它,嘴和鼻子不受冻。因为是白纱布做的,透气性能好,不会阻碍人体呼吸。口罩呈长方形,像雪一样白净、轻绵,几层纱布叠在一起,用缝纫机踩出精密的线路,一边绑一根白线带子,拉到耳后对齐、系好,既保暖又美观,不要说女孩子喜欢戴,小伙子也跟风托人买。当时由于口罩难买,因而谁有一个口罩,谁就成了别人羡慕的对象。

一对乌黑的大辫子,娇嫩的白皙脸庞,再戴一个那个时代新潮的白口罩,确实一下子有了"人配衣裳马配鞍"的奇妙感觉。李大伯家的三女儿就是如此,虽生在乡村,却工作在城里,不但手头有活络钱,还心灵手巧,精于女红,瞅上一块看上眼的花布料,裁剪好缝成衬衣褂子,花钱不多,效果却不差。她懂得色彩搭配,锦上添花,在别人身上不起眼的花色,到了李大伯的三女儿那里,就别具风采。即便像花衣服上套两个蓝袖套这样的寻常事,都被别人看在眼里,记在心上,但当别人落实在行动上却东施效颦,却不一定吸引人的目光。

关键还是在于人的优雅和气质,就以口罩为例,有些人纯粹是为了御寒,冬天才戴,又不讲究卫生,一天下来口罩有明显的污痕,脏兮兮、黑乎乎,看上去就像个粗人。李大伯的三女儿则不同,一年当中除了夏天不戴口罩,其他时节都离不开口罩,特别是春秋两个季节,早早就戴上口罩了,却很少有人说她矫揉造作。原因很简单,从小养成干净整洁的好习惯,身上一尘不染,衣服合理搭配,色彩引领时尚,就像一个小小的口罩,像云彩一样白洁,泉水一样清新,什么时候都那样新鲜如初,那样充满魅力,在她那里,口罩除去保暖的功能,更是一种不可或缺的装饰品。

有那么一段时间，城乡开始流行工作服，尤其是那种蓝色夹克衫式的工作服，穿在身上，喜在心里。一开始是一个家在城里的女生穿了一件，劳动布，蓝颜色，上边一个口袋小，下边两个口袋大，左胸前有"安全生产"四个白色小字，大翻领，带卡腰，一边一截松紧带，手风琴风箱般带褶皱。虽说工作服有点陈旧，洗得发白，穿在这位女生身上，为她不太出色的身材增添不少光彩，加之里面是一件红毛衣，脸就显得白里透红，富有生机。

虽说班上以农村孩子为主，但追逐时尚的本能一点也不比城里人差，自己没有，借着穿一下，多少也能过过瘾。于是那件工作服轮流被别的女生借穿，即使有的女生原本没有回家的打算，穿上这件工作服就想着回家一趟，说是回去带点口粮什么的，实则想借机向左邻右舍炫耀一下。后来城市不断发展，需要征购农村的土地，除了补偿青苗费和地上附着物，另外还有用一亩地换三个人农转城的福利。近郊不少人进了工厂工作，有了工作服，隔年淘汰下来，就又成了我们这些学生的心爱物。款式不一样，颜色有区别，甚至有的工作服上面还留有油污，然而只要能穿在身上，感觉就非同一般，趾高气扬、踌躇满志，好像自己从此就像一个工人，有活干，有房住，有粮吃，有钱花。

那时候问我们上学图个啥，十有八九都说要当工人，正所谓农村孩子跳农门，不就想着能转为城市户口，月月开工资，年年有存款，日子一天比一天好。不要说别的，身上穿的工作服都给人发，哪里还有比这更好的事情。说真的，当农村孩子穿上工作服时，心里或多或少都有毕业后进工厂当工人的想法，随着身着工作服的学生由早先的凤毛麟角，变得逐渐多起来，这样的想法就从私底下转为公开化，有些同学甚至开始跑门路，把户口从本地迁至近郊亲戚名下，时机一旦成熟，很有可能就从一个农村娃摇身一变成了城里人。

我的工作服是哥哥从朋友那里弄来的，朋友没穿几天，就让给了我，八成新，藏蓝色，有四个衣兜，带翻领。虽说有些宽松，但穿在身上令我依旧心花怒放。好在哥哥同时把一双皮鞋也给我了，蓝工作服配黑色皮鞋，再挎一个大黄书包，有同学就说我有大学生的派头。蓝工作服毕竟是劳动布，又厚又硬，洗起来很费事，搓一遍，揉一遍，用水再冲一遍，头上淌汗，胳膊生疼，最后拧干时，两手使不上劲，只有很少的一点水分被拧下来，我只好将工作服湿漉漉搭在晾衣服的绳子上，随后抻展、捋平，等着慢慢晾晒干。

这种工作服结实耐穿，时间长了虽然失去原色，但只要不是刮了、戳了，就能坚持完好无损，而且越旧越好看，穿在身上，走在路上，回头率不少。有人就提议彼此换着穿，归还前各自把工作服洗干净，这样一来，大家身上的工作服不断更换着颜色和样式，就越发让人艳羡了。

那些年乡下文体活动少，打篮球就成了最普遍的选择，几乎每个生产队都有一个篮球场，条件好一点的铺了砖，差一些的就是土场子。很少有铁的篮球架，生产队都有木匠，经队长一交代，木匠就花工夫把木头架子做好了，一边一个，画好篮筐，安装好篮圈，拉上网子，一场比赛就开始了。

都是与土地打交道的庄稼汉，有了背心，没有短裤；有了短裤，没有球鞋；服装不统一，规则不熟悉，急得裁判顾不上吹哨子，直接开始扯开嗓子喊："走步了，球放下！""三秒了，换发球！""犯规在先，两分无效！"气喘吁吁，汗流浃背。有的人看球员你追我赶，运球、传球、再上篮，有的人则眼盯着裁判，看他如何口衔着哨子，跟在球员屁股后面来回跑趟子。这样的比赛不好吹，吹严了犯规多，只听哨子响，不见球进筐，一场比赛下来，一个队往往只得20来分。换作女子比赛"叽叽喳喳"一片吵叫声，人累得上气不接下气，再一看比分，超不过个位数，有的甚至像是一场足球比赛，3：

5或者7：6，让围观者哄笑不止。如果裁判放松了尺度，很快就会一盘散沙，不是推人搡人后依旧不管不顾，就是脚底下像捣蒜，手上的球被胡乱拍。反正"公说公有理，婆说婆有理"，为了一个球是否有效，伸着脖子吵吵半天，耽误时间不说，还会伤了和气。

最厉害的是一小队，篮球架是铁制的，标准高度，队员着装也整齐，背心上印了号码，像个正规球队。有一个姓马的大个子，身高臂长，抢篮板十拿九稳，别人沾不到跟前，是球队赢球的基本保障。还有一个小个子，绰号"孙猴子"，动作花哨，速度极快，有人拦挡，便一个胯下运球躲闪而过，趁人不注意，一个快速三大步腾空而起，球进篮筐得分。最叫绝的是他在快速运球的过程中，还像跳探戈舞一样，一边跑一边回头看后面的人追上没有，上篮的姿势好看且实用，无人比得上。有一天，一队的球员每人脚蹬一双白色回力鞋，意气风发走在去往比赛的路上，而且像扭秧歌似的走走跳跳，不用说，他们是怕尘土或者泥水糊脏了鞋子。回力鞋底子厚，有弹力，穿在脚上好似安了弹簧，有一种天然的推动力。一群年轻人说说笑笑走在路上，身后跟了一群看热闹的孩子，到了比赛现场，立刻引来一片惊艳的目光。雪白的鞋面，绿色的鞋底，球场上跑起来，仿佛电打的一样，速度快得让人追不上，从气势上一下子压倒对方，赢球自然是不在话下。

回力球鞋是乡上的一个国家干部回上海探家时，给他们带回来的，有了这一双双回力鞋，球队的技术水平仿佛注入催化剂，从此提高不少，比赛赢多输少，成了各队盯防的主要目标。而这极具诱惑力的回力鞋，同时也成了我们向往的对象，做梦都想拥有一双。后来还真的有了，一开始不适应，觉得脚底下像垫了什么软东西，走路一翘一翘的，不太习惯。走路时又怕鞋子被弄脏，所以眼睛一直盯着脚底下，专拣干净地走，哪怕绕弯路。毕竟脚会出汗，或者一不小心鞋面粘了脏东西，所以洗的时候就得格外小心，先是拆鞋带，鞋眼来回穿，难免留下黑印，一遍一遍要单独洗，撒洗衣粉，还要用土肥皂，老百姓俗称"胰子"，再不行就要找来粉笔再一遍一遍涂。洗鞋面更是如此，小心翼翼，仔细认真，最后用粉笔涂上厚厚一层，等鞋干了再一看，还真的很有效。

挖　　冰

　　20世纪70年代初,我们家住在芦草沟杨家庄子,也就是生产队上最下面一个自然村。院子外有一条洋灰渠,夏天流水时断时续,到了冬天渠里除了积雪,一滴水都没有,吃水就成了最大的问题。从我们家到挑水的泉眼,有两三公里路程,一个来回要用个把小时,加之我个子小扁担长,挑着两桶水,晃晃悠悠,颤颤巍巍,走一阵,歇一阵,一不小心滑倒了水洒了一地,爬起来拍拍雪,很不情愿地再折回泉眼边,重新接满两桶水,挑着担子小心翼翼往回走。

　　挑水是个力气活,也是技术活,大人一个肩膀被压疼了,一边走一边就能把扁担换到另一个肩膀。我们则不行,没有那个本事,必须停下脚步,弓着腰子,撅着屁股,两手抓住铁钩子,将水桶轻轻放在地上,揉揉肩,缓缓劲,然后再继续赶路。挑水时走路不稳,水桶摇晃,走一路洒一路,回到家时一桶水成了半桶水,大人就出主意,找两根窄细的竹片,钉成"十"字形状,洗干净压在水上面,果然水洒得少了。

正是长身体的年龄,天寒地滑的,挑一次水费不少劲,耳朵冻得通红,"呼呼"喘着粗气,父母担心我们打小受累,影响长个子,就极力劝阻我们不再去挑水。我们不听话,偷偷摸摸又挑了几回,惹了大人生气,于是父亲亲力亲为,拉着爬犁,扛着斧头,带我们来到冰滩上,找一个无人涉足的干净地方,扫净上面一层雪,挥舞着长把子斧头,一斧子一斧子朝下开始挖冰了。

冰滩是由山脚下那眼泉的泉水日积月累自然形成的。最早泉水顺着河沟游动,天一冷,开始结冰,太阳出来,水继续向前流,一层一层,一截一截,循序推进。泉水一会儿化成水,一会儿结成冰,时间一长,漫出河沟,波及两边田地,就像海边潮涨潮落,一波一波延展、拓宽,高高低低,错落有致。冰滩湿气大,天阴时有雾气,视线模糊。日头一照,天空一片蓝,树身一片白,晶莹剔透的雾凇,被风一吹像雪花一样飘扬。再看冰滩上,五颜六色,光怪陆离,成了一片五彩缤纷的世界。颜色深的地方,呈灰黑色,那是最接近庄稼地的地方,透过一层薄冰,看得见黝黑的泥土,踩上去随着"咔嚓、咔嚓"的响动,冰下边先是一圈一圈白色的水泡,继而泥浆从冰裂口冒出来,甚至能听到"咕嘟、咕嘟"的声音。有些冰面结着一层白霜,在阳光照射下熠熠生辉,银光闪闪。有些冰面则重新开始泉水漫溢,随波逐流,却悄无声息,开始像白色绸缎浸染,随后变成一层冰沙状,似流非流,流光溢彩。而更多的地方白一片,绿一片,蓝一片,青一片,仿佛走进九寨沟五彩池,充满诗情画意,简直是一个童话世界,给人想象的空间,留下难忘的记忆。

这里的确是一个孩子们的乐园。滑爬犁的、滑脚马子的、打牛儿的、打髀石的，不仅脚上的鞋子被水浸湿了，就连身上到处都粘着雪，却一个个兴高采烈，心无旁骛，沉浸在游戏和欢乐之中。我们人在父亲身边挖冰，心却随着孩子们"叽叽喳喳"的声音飞走了。一阵溅起的冰渣打在身上，这才回过神，伸出双手，帮着父亲把一块一块冰装进麻袋。麻袋立放在爬犁上，因为冰块有大有小，且不规则，装进麻袋会有空隙，必须不停地将麻袋提起来，再撴几下，这样冰才会装得尽量多一些、沉一些。

挖冰也要讲究技巧，不然一斧子下去，冰碴多，冰块少，出力不出活。就见父亲蹲在冰滩上，先画一个圈，沿着冰圈再使巧劲砸出沟槽，看着沟槽有了一定深度，站起身，猛地在冰圈内砍几斧头，随着一阵崩裂声，一块块厚厚的冰块就下来了。冰碴像碎玻璃，有棱有角，光闪闪、亮晶晶，蹦到脸上，会刮伤脸皮，捧在手里冷冰冰，钻心寒。冰块大的如砖块，小的似拳头，抓在手上沉甸甸、凉飕飕，砸在脚上硬邦邦、死沉沉，疼得让人嗷嗷叫。麻袋装满了，扎好扣，放倒再绑上绳，父亲扛着斧头前面走，我们拉着爬犁跟在后，回家化成水，吃的喝的都有了。

有些时候我们也吃雪，提一个水桶子，带一把马勺，到麦子地深处，把上边一层脏雪除去，一马勺一马勺盛进水桶里，提回家倒入正在炉上烧的锅里，立马"刺啦啦"就变成半锅水。只是雪水颜色发暗，味道涩口，我们很少喝，大都用来饮羊和洗洗涮涮了。而冰就不一样了，色泽清亮、味道清醇，和自来水差别不是太大，挖一麻袋冰够用两三天，省了力，还解决了吃水难的大问题。

父亲因为忙，天天早出晚归，随他挖了几次冰，就被我们取而代之，不再劳他的驾了。另外还有一层意思，就是我们借机可以挖冰、游戏二者兼顾。大都是我和弟弟一同去，有时哥哥也会帮助一下。挖冰的地方在村中央,介于杨家庄子和泉眼之间一片开阔的场地,尤其到了放寒假,冰滩上从早到晚都有孩子在那里活动。我们每次先挖冰,然后再玩,一开始动作慢,一斧子下去,冰碴乱飞,冰块却下不来,两个人你砸一阵,我换着再来,但效果一直不明显,急得像热锅上的蚂蚁,忙活了半天,冰块少,冰碴多,麻袋松松垮垮,拉回到家里,自己都觉得不好意思。有过那么几回体验,就熟能生巧,进度和质量都上来了,不但冰块大而厚实,晶莹透亮、光彩熠熠,像银子一样闪烁,钻石一样璀璨,冰清玉洁,完美无瑕,而且麻袋也是满实满载。一个人拉着吃力,两个人用劲将就着拉着爬犁慢慢朝前走,分量十足,心中暗喜,有一种载誉而归的感觉。挖冰的任务大功告成,我们就如释重负来到冰滩,加入游戏的行列。

我喜欢在冰上滑脚马子和打髀石。脚马子有双板和单板两种,双板宽一些,下面固定有两根钢筋,踩着稳当;单板高且窄,下面仅有一根钢筋,没有相当功夫,脚是踩不上去的,即使勉强踩上去了,也是一滑一个跟头,摔得鼻青脸肿的。我一直踩着单板,如果看到冰摊上一个家伙倒背着手,像燕子一样飞速而去,不用问,那就是我了。我在冰上滑脚马子,经常会表演一些高难动作,比如雄鹰展翅,还有金鸡独立,特别是金鸡独立,动作难度大,必须经过刻苦磨炼才能达到要求。每当我单脚着地,另一只脚高高伸向后方,挥舞着双手像风一般从人面前飞过,那个潇洒劲,谁见了都竖起大拇指。

等到了开春化雪,冰滩就逐渐变得清静了,远远望去一片水汪汪、湿漉漉,上面甚至有些雾气缭绕。孩子们的游戏便从冰滩转向别处,此时冰面也被漫溢的流水覆盖,牛粪、马粪、驴粪和羊粪混杂其中,渗入到冰层。而冰层只要受到污染,我们靠挖冰吃水的日子就宣告结束了。

石 板 扣

最早看到大人扣麻雀,感到新鲜好奇。冬天的乡下天冷雪厚,麻雀喜欢把窝建在屋檐下出头的椽子下面。其实就是一个小墙缝,垫点草屑,铺些杂毛之类的,麻雀就可以安全越冬了。下过一场雪,满世界一片白茫茫,能吃的食物都压在雪下面了,麻雀叽叽喳喳,飞上飞下,很难找到一粒草籽,或者小孩散落的馍馍渣。麻雀便饥饿难挨,东张西望。这个时候,就有人拿着扫把将院子扫干净,随后找一个筛子,用一根棍支起来,棍子上再拴一根细长的绳子,伺机扣麻雀。麻雀蹦蹦跳跳,欢欣鼓舞,不一会就把撒在地上的谷粒抢食光了,有几只胆子大的麻雀又跃跃欲试,点着尾巴,转动着小脑袋,开始觊觎筛子下面的麦粒了。然而突然一阵开门声,麻雀受到惊吓,"扑啦啦"飞到屋顶,一只只交头接耳、叽叽咕咕,仿佛意犹未尽,再次等待机会的到来。

偷鸡不成蚀把米,出师不利的大人嘴里埋怨开门的人毛糙、没眼色,让到手的麻雀顷刻又飞走了。只能又一次在筛子前再撒些谷物,随后迅速背靠在房门上,耐心等待麻雀自投罗网。麻雀经不住诱惑,再次飞下来,一边环顾周围动静,一边饥不择食地叼食着地上的谷物。就在几只麻雀循序渐进,打算钻入筛子下面饱尝金色麦粒时,很不凑巧院子大门又被人敲响了,"扑啦啦"麻雀又惊飞了。

因为是外人敲门,大人虽心里埋怨,嘴上却热情地和院门外的人打招呼,都是街坊邻居的,谁家没有个家长里短的。原来是有人借扫把来了,寒暄一番,送走了邻居,大人继续和麻雀较劲。"再一再二,不会再有再三了!"大人嘟囔着。接着再给麻雀撒食物,依旧背靠房门,手中拉绳,做好了扣住麻雀的一切准备。筛子前面的食物,三下五除二就被一群落地的麻雀吃得一干二净,而筛子下面的麦粒,如磁铁一般更具吸引力,麻雀往前跳一下,回回头,"嗖"地飞向一旁,再向筛子靠一靠,又齐刷刷飞向另一边,几次三番,犹豫不定,靠在房门的大人几次想拉绳子,几次又停下来。终于,有一只麻雀蹦蹦跳跳钻到筛子下面了,接着还有一只尾随而入,当筛子下面有三五只麻雀忘乎所以,美滋滋啄食着冬日一顿金黄色盛宴之际,大人猛地一拉绳子,筛子"砰"的一声扣下了,抓麻雀就像囊中取物,成了轻而易举的事情了。

这是我们从小看到的最原始的扣了,就地取材,简单易行,却收效显著。上了中学以后,我们就不再满足于房前屋后捉麻雀了,而是把眼光放远,开始到山上去捉野兔子、呱啦鸡或者斑鸡子了。一般都是在冬天,等下过一场雪之后,大雪封山,雪厚至膝,走着费劲,深一脚、浅一脚,不小心崴了脚脖子,或者一脚踩空,摔个大跟头。野兔子跑起来速度也明显减缓，跑一阵，歇一阵，支棱着一双长耳朵，竖起前爪，环顾四周，权衡利弊，是继续跑还是等等看。这个时候，也是苍鹰出巡的绝佳时机，呼扇几下翅膀，滑翔一阵子，一看下面有动静，就盘旋在上空，野兔子吓得要死，急忙躲进刺墩子，趴在那里耷拉着耳朵，一动不动。

　　我们就把扣埋伏在野兔子经过的线路上，也就是刺墩子比较密集的山坡上。野兔子只要从这里经过，雪地上就会留下印迹，时间长了还有尿液和药丸子一样的圆粪蛋蛋。扣是一根白色塑料细绳，上面有几个环扣，环扣有大有小，也是融合了大地的颜色，一律雪白，模糊野子兔的视野。环扣吊在塑料绳上，绳子拴在两个刺墩子上，稍微高出地面一截，野兔子路过时稍不注意头或者爪子就会被环扣套住，越使劲，套得越牢，意外收获可以改善一家人的枯燥生活。不过这种扣带有很大的偶然性，下十回扣，不一定能成功一次，有时整整一个冬天，也一无所获。捉野兔子最好的办法是人手多，还有机敏的狗帮忙。前面狗去追，后面的人再包抄、合围，野兔子跑不动了，就会钻入石板窝子求生存。这样我们的机会就来了，一边是狗围着石板窝子"汪汪"叫着，严防死守；一边是我们相互叮嘱着一块一块挪石板，断野兔子的后路。虽费劲不少，但野兔子藏来躲去，还是抵挡不住我们人多势力强，一会儿工夫就把野兔子抓到手了。

　　呱啦鸡和斑鸡子，在天上飞的时间少，在山坡上逗留的时间多。各有各的群，喜欢待在向阳坡上晒嗉子，觅食草籽。呱啦鸡比家鸡小，比鹌鹑大，红嘴红爪，有画眉，肚子和翅膀有花纹，色彩鲜艳，叫声优美，到了山上，还没见到呱啦鸡，远远就听到叫声了。"咯——咯咯……咯——咯咯"，叫声清脆、响亮、悦耳，就像急促敲击的木鱼声，激情热烈，间隔有序，在山沟回荡，在心头萦绕。斑鸡子像雏鸡，主色调为黄和灰，地上一缩，灰不拉几的，不易被人觉察。斑鸡子和呱啦鸡一样，喜欢在刺墩子下做窝，一次产十几枚蛋,比鸽子蛋小一些,椭圆形,带斑点,不容易被发现。呱啦鸡比较张扬喜欢唱高调,这边山头叫,那边坡上应,整天叫声不止;放进笼子里,该吃吃,该喝喝,一大早人还没醒,呱啦鸡就伸着脖颈开始叫了,充满生机和活力。斑鸡子则"低调"一些,悄无声息,更主要的是捉回家不吃不喝,养不活。

那些年日子不好过,而呱啦鸡和斑鸡子肉质鲜美,味道诱人,据说还能治病什么的,我们一有空闲就到山上去捉。方法还是下扣,扣有两种,一种石板扣,一种马尾扣。石板扣先挖一个小圆坑,找来一块石板,扣在坑上要严实,准备好两截细木棍,一根竖起来,一根担在上面撑起石板,呈一个"T"形。然后将一根线绳拴在竖立的棍子下端,另一头拉上来绕在石板下面平伸的木棍上,线绳头上还绑有半截细棍,顶部削尖了,和拉上来的线绳缠绕后做一交叉,最后再把一根芨芨棍由交叉处斜穿到圆坑子内,一个石板扣就形成了。坑子外面撒点食,坑子内也撒上食,呱啦鸡或者斑鸡子看到了食物,就会吃着碗里的,还瞅着锅里的,跳进坑子内一碰芨芨棍,石板便失去支撑,"咣当"一声掉下来,坑子里的呱啦鸡或斑鸡子就被牢牢扣在里面了。

石板扣的成功率非常高,功夫下到了,一个冬天可以捕捉到几十只,关键是还比较保险,即便被狐狸遇上了,也是围着石板转圈圈,干着急,没有办法。而马尾巴扣就不一定了,山上找一处窝风的僻静处,钉两个小木桩,上边拴上一根塑料绳,绳子上正反两个方向布满一长串马尾巴做成的小环扣,扣上面撒一些粉碎的麦草,间或稀稀拉拉扔一点麦粒和谷粒。被呱啦鸡和斑鸡子看到了,自然会习惯性刨食吃,爪子不停地左右来回一阵乱刨,说不定爪子就被环扣套上了,再怎么扑腾翅膀挣扎,都无济于事,情况好了一次能套住好几只呢。发现得早,物归主人,发现得晚,就有可能被狐狸捷足先登。有一次,村上邻居头一天下了马尾巴扣,等第二天下午再去看,空留一摊鸡毛和几个鸡爪子,邻居后悔得直摇头。

下扣有时候也很辛苦,冰天雪地的,又冷又饿,等下好了扣,就是不见呱啦鸡飞过来,又急于求成,只得翻山越岭去寻找。一边走一边竖起耳朵听叫声,听到声音了,还得选好方向,围一个大圈子绕着跑,不然冒冒失失冲过去,或许就会适得其反。呱啦鸡一阵猛叫跑到高处,"呼啦啦"从你头顶飞向别处,想追也追不上。所以绕大圈,是为了神不知鬼不觉,跑到呱啦鸡的前头主动去堵,而不是尾随呱啦鸡被动去追。这个时候响动不能太大,意图不能太明显,好像无意中路过,让呱啦鸡不受到惊吓,顺其自然掉转头,向着你下扣的方向慢慢移动。等快到下扣的地方,就不再追赶了,而是静悄悄找个藏身之处,静候佳音,没准呱啦鸡到头来就上当就擒了。然而一天下来人也劳累得不成样子,鞋子冻成冰坨子,脚丫子泡在雪水里,几乎失去知觉。裤腿也像两个木桶子,硬邦邦,人一走"卡啦卡啦"响,耳朵麻木了,脸也像被刀子扎一样,生疼生疼的。而这一切都是心甘情愿、自作自受的,哪怕身心疲惫、饥肠辘辘摸黑回到家,还要被大人因为担惊受怕而受到一顿劈头盖脸的严厉训斥,当然我们也是这个耳朵进,那个耳朵出。隔天依旧我行我素,一如既往,见缝插针地往山上跑,都是因为呱啦鸡,还有那些招人喜欢的斑鸡子。

高考纪事

一九七七年的深秋，我高中毕业，在一所乡炭厂小学代课。因家与学校中间隔一道山梁，每天放学后，我都会站在高高的山梁上，一边享受着清凉的山风，一边欣赏着家乡的景色。高瞻远瞩中，一天的劳顿随风而去，留下一份好心情，侧耳倾听那来自乡村高音喇叭的声音。

恢复高考的喜讯，就是在这个时候传来的。我清楚记得当时天特别晴朗，太阳的余晖洒满整个村庄，金灿灿一片，缕缕炊烟从各家院落袅袅升起，在高音喇叭播放新闻的间隙，不时伴有牲畜牧归的"哞哞"叫声，一派田园自然风光。

我几乎是屏住呼吸听完那则喜讯的，害怕遗漏一个字词，甚至辅之一只手在耳旁，就像怀揣着一只小兔子，心

"怦怦"跳个不停。以前听老师多次讲过大学的故事，言辞中充满激情和留恋，后来私下里偷看小说，每当读到这方面的描写时，也多是浪漫和神秘，就觉得那是天底下最美好的生活。只是这种生活虚无缥缈，就像做梦一样，离我们这些农村孩子太遥远，根本难以实现。所以当我刚听到那则新闻时，还以为耳朵出了毛病，直到后来确认无误，我高兴得在山梁上跳了起来，随后疯了似的连蹦带跳一溜烟跑回家中，惊得正在刺墩下面觅食的呱啦鸡和野兔子魂飞魄散，有一只野兔子跑出去很远又停下来，回过头竖起两只前爪看着我，不知道发生了什么事情。

毕竟是一件事关前程的大事情，同学之间开始奔走相告，彼此传递着相关信息。一个个虽摩拳擦掌、跃跃欲试，但又不知该从何处下手，心里干着急。如果打听到谁有一套复习资料，哪怕路再远，都会匆忙赶过去，夜以继日手抄一份，如获至宝一样揣在身上，走到哪里带到哪里。

那个时候不像现在，教学条件较差，不要说多媒体教学和远程教育，就是正常的课程都很难开全开齐。对于高考，我心里没底。首先，文科中，只有语文、政治坚持学了下来，而历史地理则是三天打鱼两天晒网，无法前后连贯，自成一体；再则，所学内容是课堂那点少得可怜的知识，没有课外辅助参考，更重要的是没有城乡之间横向比较，知识面就窄，形不成竞争优势；另外，由于是第一次恢复高考，而且我们已毕业离校，学校难以掌握学生的具体去向，无法集中进行补习，全靠各自临时抱佛脚，考场上见了。

我心里十分清楚，机会从来都是给有准备的人的。仅凭平时那点积累，要想在高考中脱颖而出，概率几乎很小。于是我白天继续代课，夜晚便挑灯鏖战，从古文翻译到时事政治，从历史大事记到一个具体方程式，拾遗补阙、巩固提高，直到雄鸡破晓。如此一来，学习是有所长进了，人却瘦成了一根干棒子,眼圈黑黑的,就跟一个熊猫似的。

在惴惴不安的期盼当中,终于迎来了高考的日子。因为都是乡下考生,必须提前一天赶到城里,看考场、安顿住处,时间仓促了可不行。我们几个要好的同学,头一天早早约好赶到煤矿,托人帮忙,搭乘了几辆运煤车,先是在一个叫作地磅的地方下车,等车过磅。遇上好心的司机或许会一直带进城里,反之就到此为止,另想办法。我们那天还算幸运,当听说我们是进城赶考的学生,师傅二话不说又让我们继续坐到了医学院,然后换乘一路公交车行至北门,这才紧张而又好奇地一路打听,一路寻找到考场——当时的乌鲁木齐十八中学。

第二天就要高考了,对我们这些农家子弟而言,是一个人生转折的重要关头。城里有亲戚的都去亲戚家借宿,我们几个则来到南门人民广场拐角处的红卫旅社,说是养精蓄锐,迎接挑战,实则谈天说地,一夜没睡。我们几个都是第一次住旅社,虽说睡的是通铺,价格也比较便宜,大概只有五块钱,但毕竟是在城里,就有了一种奢华的感觉,这里摸摸,那里瞧瞧,话题自然就多了起来。不过说来说去,话题最终都不自觉地回到高考上来,彼此开玩笑说"苟富贵,勿相忘",不管是谁金榜题名,都是同学加兄弟,友谊地久天长。

我们是在喜悦和诚惶诚恐中走进高考考场的。我们哪见过如此阵势,人山人海的不说,又是警察又是救护车,戒备森严,走进考场就如同走进战场,心理素质差一点的话,不要说答题了,吓也吓晕了。说起来,现在的孩子就像是生活在蜜罐子里面,一人高考,全家出动,说是考孩子,其实是在考家长。

我至今记忆犹新的,自然还是题为《每当想起敬爱的周总理》的那篇作文。时间大概是在周恩来总理逝世不久,大家都还没有从巨大的悲恸当中走出来，缅怀他老人家的丰功伟绩，要说的话自然很多；抑或我本身就参加了学校的一系列悼念活动，当时的感人情景就像电影一样一一复原，让人激情澎湃，妙笔生辉。我就觉得钢笔在考卷上行云流水似的"唰唰"响着，停都停不下来，一会儿工夫就写满了密密麻麻的文字，再想添加一些只言片语，已经没地方可下笔了。

还有就是地理试卷上的一道试题，印象一直比较深刻。我记得那道试题是这样问的："南斯拉夫一艘远洋货轮到达我国广州，要途经哪些水域？"许多同学一看到这个题目就懵了，不知如何回答是好，下来后纷纷拥到我跟前问个究竟。我就有点得意，因为从高一年级开始，邻居钱老师家那本世界地图三天两头就被我借来，从头至尾一页不落地翻阅。尤其星期天放羊的时候，这本地图就成了我消遣解闷的好东西，躺在山梁上一看就是一个上午，连羊跑了都没知觉。我真的被那些奇妙的图例迷住了：什么颜色代表山峰，什么颜色代表海洋；国界和洲界有何不同，公路与铁路怎么区分。当然我最关注的还是各国的首都和主要城市，从亚洲到欧洲再到非洲，从北美到南美再到大洋洲。就像毛泽东诗词中所描绘的那样："坐地日行八万里，巡天遥看一千河。"简直其乐无穷。

所以当同学们问我该如何作答之时，我就说："远洋货轮从南斯拉夫到广州，途经地中海、苏伊士运河、红海、亚丁湾、印度洋、马六甲海峡和我国南海，最后到达广州。"同学们就都吃惊地说："咋这么复杂，难怪把人都给绕糊涂了。"

至于政治、历史和数学，就没有那么幸运了，虽说事先也做了复习，但毕竟没有抓住重点，效果不是太好。那时因为没有"一模、二模"和"三模"之说，虽说考试之后也估算了分数，但毕竟缺乏经验，估算的分数不是高了就是低了，心里七上八下的，没有着落。

终于有一天，父亲带回了大学录取通知书。

在焦急的等待之后，我总算打起背包，扛上行李，在来年的春天踏上了东去的列车，来到孔子故里、我的母校——曲阜师范大学，开始了大学四年的求学生活。

生 产 队

　　我们小的时候，生产队都养着一些牲畜，包括马、牛、羊，甚至还有毛驴。马和牛是典型的生产资料，马拉车，牛犁地，一年四季好几个人伺候着。队上马号和牛棚连着，实际上那几头驴也和马在一起混养着。不管马号还是牛棚，从秋天开始，里面就要不停地堆摞饲草，包括麦草、苜蓿、苞谷秆子和稻草。因为芦草沟不产水稻，稻草要去米泉拉。光堆草还不行，还要准备好精饲料，比如麸皮、油渣、玉米和盐巴等，不然牲畜熬不过一个冬天。记得队上有好几辆马车，一辆马车需要四匹马，套辕的马最皮实，劲也最大，一车的货物全靠辕马支撑着。前面三匹马，都用套绳相连着，左边的是边马，中间叫套马，右手则称梢子马。每匹马都有各自的职责，车户（车把式）用缰绳控制着，哪一匹马不听从调遣，"啪、啪"几声，车户的鞭子就抽过去了。马套大车，干一些大活，运个肥、拉个煤，转一下麦捆子什么的。而驴就拉小车，多干一些零散活，拉水、卖菜、送个病人什么的，反正一年四季也没有闲下来的时候。

生产队也有羊圈，夏日是露天的，四周垒的黄土墙，太阳一晒，羊都趴卧在靠墙根的阴影里，"呼呼"喘着粗气。冬天就转移到暖圈里，一溜一溜的泥槽子，撒上煮熟的金黄色玉米粒，不但羊吃着攒劲，我们也喜欢没羞没臊地从羊嘴里夺食吃。关键是煮得烂熟的金灿灿的玉米粒，有一股淡淡的咸盐味道，晚上玩捉迷藏或者掏麻雀累了，顺便偷吃一些羊饲料，精神头忽地又蹿上来了。

我总觉得除了队长，车户就是生产队最威风的人物了。一挂马车不光有车户，还有一个跟车的，车户年龄稍长一些，跟车的则是身强力壮的小伙子。一般情况下，跟车的要比车户起得早一些，事先做好出车的准备，看看轮胎气足不足，瞧瞧"挂木"灵不灵。所谓"挂木"就是刹车片子，连接车轱辘和锅圈，需要时形成阻力来减缓车速，以防意外。尤其下大坡的时候，车户必须一手扽缰绳，一手拉好挂木板，而且嘴里不停地喊着"喔——喔"的口令。那些年，石人沟一大队的马车一到冬天就去公社煤矿拉煤，从大涝坝到我们庄子，是一个长长的缓下坡，天寒路滑，车户一点都不敢大意，早早从车上跳下来，紧贴着辕桥，眼盯着前方，远远就能听到此起彼伏的挂木声，就跟吹喇叭似的，"呜——哇，呜——哇"，穿透力特别强，既刺耳又闹心。到了平缓处，挂木声渐息，"嘚嘚"的马蹄声又开始响起，仿佛鼓乐很有节奏感。

等车户到了，马车也基本套好了。跟车的这才卷上一根莫合烟，递给车户，并用火柴帮着点燃了。莫合烟是烟叶子、葵花秆和锯末子掺拌而成的、细碎的颗粒，颜色黄中带绿，商店有售，也可以自己加工。这种烟劲特别大，俗称"背靠着墙抽的烟"，一般的纸不行，最好用报纸卷烟。我估计是因为油墨的作用，不但提了香，也增了劲，烟瘾小的人抽一口要咳嗽半天。车户抽好了莫合烟，就逐项验收跟车的准备情况，每匹马的鞴脖子套正了没有，夹板子固定好了没有，肚带紧了还是松了，一样不能落，落了不是马受罪，就是造成安全隐患，马虎不得。实际上如果再细分，还有马笼头、马叉子（马嚼子）、马缰绳、铜铃铛，必须配对成双，确保完好无损。最能体现车户风采的，就是那一根耀武扬威的马鞭子。鞭杆有木质的，也有竹竿子做的，就像树梢子，从下到上由粗变细，尤其是竹竿子做的马鞭子，一节一节的金黄闪亮，手握的那一节用黑色的皮带子一圈一圈地缠绕了，看上去非常美观。而鞭子一律用皮条编的，花纹严丝合缝，不露一点痕迹，结实耐用。长长的鞭杆一甩动，鞭子就跟着飞了出去，像一条游蛇一样在空中飞舞，特别是鞭头的那一截鞭梢子，不论是挥洒在空中，还是落在马身上，瞬间都会像鞭炮一样，不但开花，还发出一声脆响，"打黑牛，惊黄牛"，一石二鸟，灵得很。

车户之间一直都在相互攀比，你的马鬃修剪得漂亮，我的马头就吊一束红穗子；你的马背挂了一对铜铃铛，我的马尾巴就扎一个花结子。特别是用马车娶亲时，除了四匹马要披红戴花，精神焕发，车排子两边都要想办法装饰加高，中间用麻绳编成渔网状。而车辕处的木头三脚架，甚至挂上了陪嫁的被面子，花花绿绿，色彩鲜艳。车上铺满了花毡，花毡中间坐着头戴红盖头的新娘，一圈挤满了说说笑笑的送亲人，脸上都带着幸福的微笑。这个时候，马车夫就特别张扬，一会儿情不自禁打响鞭，一会儿放开嗓子唱一曲，而且越是靠近新郎家，弄出的动静就越大。似乎在故意提醒路边看热闹的乡亲，赶快拦车索要礼行，不管是撒一把水果糖，扔一块花手帕,抑或点一根纸烟,跳一段舞蹈,图的就是一个快乐,不然"过了这个村,就没这个店了"。

车户还要具备另一项基本功,那就是钉马掌。马掌和马掌钉子都是铁匠事先打好的。马掌又称马蹄铁,呈"C"字形,看上去像月牙,大约一指宽、半指厚,到了两头收口处,逐渐变窄。马掌两边各有对称几个钉眼,钉掌前,先要将马拴在一个木桩上,四只蹄子轮换着抬起来,先小心翼翼地削去马蹄的角质,再依次钉马掌。这个时候师徒的分工很明显,徒弟负责拴马,用半截绳子拉抬起马腿,然后弓着腰,将马蹄垫在自己的膝盖上。而师傅自始至终都是半蹲着身子,先是一手扶着马蹄,一手就像剪指甲一样,握着刀子削角质。这是真正的技术活,削薄了起不到保护马蹄的作用,削厚了容易伤到马蹄,反倒把马腿弄瘸了,因而必须精力高度集中,眼力要好,心还要细。到了钉马掌时,车户则双手和嘴并用,一手拿马掌,一手握着小榔头,嘴也不闲着,衔着一排马掌钉子,大头朝里,钉子尖向外,认真端详。马掌和马蹄子吻合了,这才"叮当、叮当"钉马掌,四只蹄子都钉完了,车户气喘吁吁,跟车的腰酸腿疼,而马仿佛穿了新皮鞋,多少也有点不适应,不住仰着头"咏咏"打响鼻。

到了夏天放暑假,也恰好是马车开始拉麦捆子的时候。车户在马车上摞捆子,跟车的在麦子地里挑捆子,旱地麦捆小,水地麦捆大。车上捆子越摞越高,挑捆子就显得越来越吃力,一铁叉戳到捆子上,一使劲扛到肩上,到了马车跟前,再一用力,就把麦捆举到空中。车户上面顺势接过麦捆子,两眼一扫,哪里有茬口,就把捆子摞在哪里。下面是典型的体力活,没有相当功夫,麦捆挑不到车上,车上是技术和体力兼而有之,尤其是技术,那是长期积累所得,不然麦捆子对不好茬口,能摞成比房子还高的麦垛么?这个时候还有两样东西不可或缺:一是槁棒,二是绳子。槁棒就是木头棒，像胳膊一样粗，两头一般齐，先是支辕桥，减轻辕马的负重，之后等麦捆撺齐了，将两根粗长的绳子，平行着从前拉倒后，绑好固定住，再将檎棒从两根绳子之间穿过去，像拧麻花一样搅绕几圈，绳子就捆绑结实了，从而确保麦垛一路不散落。

车上面的忙我们帮不上，就帮着跟车的提捆子，一捆一捆挪到车跟前，跟车的就可以歇一歇，喘口气。实际上，我们帮着跟车的提捆子，却有着我们的小算盘，那就是趁着提捆子的当儿，顺便抽几根麦秆子，等车把捆子拉走了，我们再把麦穗收集起来，装进面袋子。水地麦秆粗，麦穗也大，一天下来收获就不小。有几个聪明的家伙，干脆就把麦穗子隔着面袋子用脚揉搓了，面袋子就只剩麦粒，达到事半功倍的效果，一天干了我们两天的活，划算得很。生产队有不少旱地，割麦子时搭窝棚，开大锅饭，我们跟车拾完麦子，顺便要去瞅一下，说是去喝水，不如说是讨口吃的。如果正好赶上做抓饭，我们就像过节一样，乘机好好改善一下生活。早上跟着第一趟马车去，黄昏再跟着最后一趟马车回，日复一日，日积月累，一部分麦子交到生产队算是勤工俭学，挣到一笔学杂费或者买一双鞋子。一部分留在自己家里，地上铺一块帆布，把麦穗倒在上面，几个人手拿着木棍子一阵敲，麦穗就脱粒了。几次三番之后，层次就分明了，轻飘飘的黄颜色，都是麦壳子，沉甸甸的红褐色，就是麦粒了。盛在小筛子里筛一筛，杂质留在筛子里，麦粒帆布上堆成了堆。然后拉到小磨坊，要么换取面粉，要么自己推面，一夏天的辛苦就算没有白费。生产队还有一群牛，专门配有一个放牛娃。其中有一头灰牛，特别强势，一天"哞哞"叫着，心思不在吃草上，总想找着茬同别的公牛干架。都说牛不犄牛是怂牛，有时候把别的牛惹急了，也会不顾一切头对头和灰牛犄在一起。然而最终都不是它的对手，几个回合下来，头一扭就撒开蹄子逃之夭夭。这时候灰牛就越发神奇,一边"哞哞"大声吼叫着,一边奋力用蹄子刨土,搞得周边尘土飞扬,呛人的鼻子。

总体上牛群比较听话,也不太挑食,赶到山坡上就可以放心躺一会,或者在夏天到大涝坝洗一个痛快澡。也有让放牛娃烦心的事情,那就是一头牛奓拉着尾巴带头一跑,其余的牛跟在后面发疯般乱跑,打口哨,撂槁棒,追着喊着都不起作用,除非牛群最终跑累了自然停下,否则一点办法都没有。这就叫牛"撅蹦"了,意思是牛勺掉了,"疯狂"了。有可能是突然被什么东西惊了,或是一条蛇,或是一只蚂蟥,或者无缘无故产生了一种莫名幻觉,都会导致牛群撒野,场面很紧张,也很壮观、激烈、难得一见。

有两个季节牛最忙,一个是开春,一个是秋后。就像我们到了惊蛰吃鸡蛋一样。开春犁地播种,还必须打早工,也就是在别人上工之前,犁地组先要赶到地里。这当儿天麻麻亮,人不但有精神,牛也精力充沛,特别是到旱地梁犁地,距离远,还要爬山越梁,两头牛脖子中间架一副犁铧,就显得非常吃力。若是懒洋洋赶到旱地梁,干不了多长时间,太阳就出来了,没遮没挡的,人和牛都被太阳晒得无精打采,一个早上犁不了几亩地,不值得。所以每年到了春上,远远就能听到犁地组那些小伙子,挥着鞭子赶牛的吆喝声,一个跟着一个,从这头犁到那一头,随后折返,从那一头再犁到这一头,循序渐进,由远及近。先是一大片黄色的山梁,继而好像划了一道黑褐色的印迹,然后一半黄一半黑,最终一大片山梁完全变成黑黝黝的新土,预示着播种的日子就要开始了。

放羊也不轻松,早上把羊群赶出圈,羊肚子吃得差不多了,再去饮水,随后再赶回圈里,等着熬过炎热的中午。下午太阳的热乎劲有所缓解以后,羊群经过不停地反刍,吃进胃里的草料也消化完了,接着再把羊群赶出去,如此循环往复,走在崎岖坎坷的羊肠小道上,不但费力,也很费鞋。

羊群出圈和归圈之际，最是放羊娃忙碌的时刻，不但手握鞭子像鸡啄食似的点着羊身子，而且"1、2、3、4、5、6、7、8……"一口气急速数着数字一个都不能错，多了还好说，等着别人找上门来认领，还给人家就是了。如果少了一两只，放羊娃就麻烦了，四处寻找不说，还要担惊受怕，不管是集体的羊，还是给私人代放的，真的弄丢了就得豁出本钱自己赔。

放羊娃最怕三件事：一是怕羊群吃了三瓣苜蓿。羊群若是误吃了，轻则肚子发胀，重则一命呜呼。所以放羊娃一般都喜欢头戴柳树条草帽，一旦羊肚子发鼓，急忙撇了柳树条，塞进羊嘴里，让羊咀嚼，据说能解毒；二是怕羊群混群。山上到处都是放羊的，稍不留意，羊就会串群，附近的羊群还好办，一时找不到，最终还是能够物归原主，如果是远处的过渡羊群，到头来就不一定谁的羊就是谁的了；三是怕羊群突然一下子钻进庄稼地。庄户人一年的心血都在地里头，要是庄稼被羊群糟践了，谁也担当不起。

后来实行土地承包制，不但把土地都分了，就连那些集体财产包括马呀牛呀驴呀羊呀什么的，也都作价归了农户。就见马号、牛棚和羊圈上，一律站着人，拿着铁锨和十字镐，挖的挖，拆的拆。不一会儿工夫，椽子、檩子、门板、窗框，被人扛的扛，抬的抬，高高兴兴拿回家了。从此生产队的这些标志性符号，便从人们的视野中消失了，成了永久的记忆。

杨 家 庄 子

　　我小时候,乡的称谓是公社,村则是大队,而村民小组一律叫作小队。当时我生活在东山公社二大队二小队,也就是现在的芦草沟乡芦草沟村第二村民小组。二小队的人几乎都分散住在一个狭长的山坳里,山坳最上面靠近大涝坝的地方,一长溜依次间隔住着十来户人家,因为地势高,习惯上唤作"高头"(上面)。中间地带人们居住比较集中,马号、磨坊、车库、篮球场等公共设施全集中于此,尤其是队部设在一个院落里,就以"大院子"相称。再下来顺着山势走向拐个弯,就是早先的焦炭厂所在地,也零零散散有些住家户。沿着排洪渠一条土路连着老公社,在接近去往炭场和七队的岔路口,也就是二小队最下面的地方,俗称"哈头",还有七八户人家,这就是杨家庄子。

杨家庄子地处生产队最下游，却离老公社最近，买个东西，搭个便车，或者晚上看个电影，都有近水楼台先得月的实惠。后来公社搬到山坳上面的新址，从地里的小路穿过去，距离一点都不远，尤其是上小学和初中那几年，中午跑回家吃饭，时间绰绰有余，根本不会因为迟到喊"报告"的。

杨家庄子最早是一户杨姓人家的住地，坐北朝南盖了三间高高大大的房子，有廊檐，有立柱，立柱底座是坚硬的青石凿成，有花纹，很气派。就像南方的骑楼一样，宽宽的廊檐挡风遮雨，夏天锅头就支在外面。因为高出地面，我们都叫大殿台子，脚底下铺着红砖，洒上水，砖缝子压茬的痕迹显露出来，看上去很美观。后来东西两边又盖了房子，但与其比起来都显得低矮，这三间房子自然成了上房。东头靠近排洪渠有一道土围墙，两人多高，真正的"干打垒"，由于再后来住户不断增加，自然形成一个院子。觉得进出院子麻烦，就又在土围墙上挖了个洞，提水呀，乘凉呀，就不用再绕圈子了。当时院子周围全是一棵一棵大榆树，枝繁叶茂，遮天蔽日，夏天路人走累了，可以在大树底下歇一歇，顺便到谁家喝口茶水。对于我们孩子来说，上树掏鸟窝，揪榆钱子，给羊撇树枝子，几乎成了家常便饭。杨家庄子除了树多，地也多，种小麦、玉米、苜蓿和土豆什么的，到了春种秋收之际，地里都是大人小孩和出力的马和牛，甚至一头头毛驴，热闹得很。杨家庄子院子大，住家户也不少。我们住在上房，东边是李书记大伯一家，两间房子，门前也盖了一间小房子，实际上当羊圈和炭房子，夏天割的草平铺在小房子上面，我们经常晚上踩上木梯子爬到房上去睡觉，实际上是想听李书记家二儿子东拉子讲故事。东拉子上过市师范学校，算是当时我们院子的高才生。我就在他手上看到过一本徐寅生写的《关于如何打乒乓球》一书，某种程度上对我后来迷上乒乓球起到了启蒙作用。后来东拉子当了小学老师，不但会讲故事，像什么"武松打虎""猪八戒背媳妇"

"智取威虎山"等，描述的绘声绘色、活灵活现，让人百听不厌，而且他的笛子也吹得很好，尤其在月亮当空的晚上，坐在水渠边，听他吹一支清脆悠扬的曲子，让我们心里痒痒的，产生许多美好的联想。

住在西边的钱老师是江苏人，当年支边到新疆，先在我们队上负责财务，后来当了代课教师，再后来就转正，等我们上高中，钱老师已是公社中学一名"元老级"老师。钱老师为人老实、忠厚，待人很热情，而且特别能吃苦。有两件事给我印象很深，一个是开荒种菜，一个是两本地图册。我们院子出去是排洪渠，渠和大路中间有道土壕沟，那里杂草丛生，无人问津，钱老师不辞辛苦，开荒造田，挥汗如雨让土壕沟变成了绿油油的菜地。因为地势高，水上不去，钱老师就挖一条小水沟到排洪渠边上，遇到来水的日子，双脚站在水渠里，躬着腰一盆一盆将水泼在水沟里，地也浇完了，人也累得直不起腰。菜就这样成活了，自己吃不完送给左邻右舍，一人受苦，大家受惠，让我们到现在还记着他的好。钱老师教我们珠算和地理，我和妻子两个人当时都是他的学生，妻子对打算盘情有独钟，后来还真学成了，工作后到哪个单位都是搞财务，还因为如此上了新疆财经学院。而我则对地理产生了浓厚兴趣，动不动就跑到钱老师家痴迷地翻看两本地图册：一本中国的，一本世界的。黄河长江澜沧江，天山泰山喜马拉雅山，五大洲四大洋，长城泰姬陵巴比伦狮身人面像，越看越觉得学问深，越看越感到爱不释手，甚至发展到这两本地图册放在钱老师家的时间少，待在我家的时候多。直到1977年国家恢复高考，这两本地图册还真帮了我的大忙，地理卷子取得了好分数，最终让我到山东曲阜师范大学学习深造。

我们院子还有一户姓张的人家，甘肃人，由于干的一手好皮货，全队人都叫他"张皮匠"。当时院子还有一个皮房，长长的，大大的，一头支一个木架子，木架子上面凿有孔洞，安着铁绞把子，绞皮绳的时候，张皮匠很专注，也很忙乎，徒弟和帮手稍有疏忽，就会瞪着眼睛大声嚷嚷，浓浓的武威口音，拉着长长的声调，长时间在皮房里回荡。只见他在两个木架子之间来回走动，两只手不停地在皮绳上类似于梭子的东西上面进行校正，每每这个时候，自然有不少人围观，张皮匠就越发显得神奇和自豪了。当时队上有好几辆马车，缰绳、皮绳大都是由张皮匠的皮房生产而出。而我则喜欢看张皮匠熟皮子，只见他手握着铡刀一样的大刀，把经过处理好的一张张羊皮就像给人理发一样，一刀一刀上下刮着光板，看似很用劲，分寸却把握得很到位，然后用口"噗噗"往皮子上喷着水，皮子看上去光溜溜、水津津、软绵绵，却没有留下一个口子，真正意义上的行家里手。

有一年夏天，下了三天三夜的大雨，别人家的房子大多都漏雨了，地上没有下脚的地方，唯独张皮匠家滴水不漏，他就戴着草帽子一家一家喊人，最后大家都集中在他家里。一大一小两间房子，挤了个水泄不通，但因为不再挨雨淋了，一院子人又说又笑，倒也其乐融融，倒是忙坏了张皮匠的几个女儿，不停地招呼，不停地烧水沏茶，就像一家人一样度过了一个难忘的时刻。实际上张皮匠未雨绸缪，早早就开始在屋顶进行防渗处理，先是上黄土和炉渣，随后一人一个木踏板，"乒乒乓乓"对整个房顶踏实紧固，等雨来了，真的就派上用场了，所以大家都说张皮匠脑子灵活，干活实在，心里还惦记着街坊邻居。

张皮匠家搬走后，又住进了一户人家，也是甘肃人，主人家姓苟，我们就叫苟大伯。苟大伯人很干净，春夏秋冬都穿得整整齐齐，看上去都说像是城里人。苟大伯走路很快，风风火火，头梳得亮亮的，戴一副石头镜子，白衬衣，黑马甲，深颜色裤子，脚蹬一双圆口黑布鞋，说实话，跟电影演员差不多。夏天吃过晚饭，大家都喜欢坐在院子乘凉，这时候苟大伯就把我们期待已久的留声机搬出来了，一个四方浅绿色的方匣子，打开盖，放上唱片，手握着摇把子摇一摇，"咿咿呀呀"的声音就出来了。孩子们喜欢听相声，记得当时听得最多的是马季早年的段子《女队长》，包袱多，笑料足，第一次接触，新奇得很，听一遍还想听。然而大人们等不及了，因为爱唱秦腔的老李哥嗓子早就痒痒了，包括李书记、苟大伯，还有住在我家西南侧的杨叔叔，都是最爱听秦腔的高级"票友"，过上几日不听一段老李哥的秦腔段子，似乎晚上觉都睡不安稳。

老李哥却很爱吊大家的胃口，意思是唱之前不来上一根莫合烟过过瘾，总也提不起精神。于是杨叔叔就赶快喊："老热哥，快把最好的莫合烟拿出来，我这里有报纸呢！"老热是我的父亲，虽然听不懂秦腔到底唱的啥，却也喜欢这种氛围，于是急忙回屋，把他珍藏的从伊犁带来的金黄色一粒一粒的莫合烟拿出来，抓一撮均匀撒在杨叔叔伸过来的卷烟纸上，随后杨叔叔顺势先一卷，再一搓，点上火，递到老李哥的手上。老李哥抽过烟，清清嗓子，在地当间一站，头一抬，手一伸，扯开喉咙唱上了："西北风吹的我浑身打颤，大雪飘衣裳单行走艰难。"就见老李哥后来一边唱，一边开始流泪，而放唱片打拍子的苟大伯，眼睛也有点发红了，过后才知道，老李哥唱的是著名的《三世仇——卖女》唱段，听着这个故事的名字就让人难受。

院子外面住着一位叫阿娜尔汗的老太太。老太太有几个女儿，都出嫁在外，隔三岔五来看妈妈，而她则孤身一人住着。老太太人虽老，却有两根粗长的黑辫子，招眼得很。老太太也在房屋边种了一块地，自己一锨一锨翻出来的，不知从哪里弄来的一袋子一袋子鸡粪，一把把用手撒在地里，不种别的，全部种南瓜，而且种了就成。瓜秧爬上房顶，南瓜吊在棚架上，红的黄的绿的，呈现丰收景象，不但自己吃，同样也分给大家，和洋芋、糖萝卜一起蒸着吃，很有味道。后来阿娜尔汗老太太搬到了地窝堡，就一直不再见过面。

如今杨家庄子全部变成了耕地,原先的那一院子老邻居,有的早已故去,有的孙儿孙女都长大成人。等一见面,依旧十分亲热,嘘寒问暖,仍像过去一样,各自记着各自的好处。即便不能再常见面,我们每每说起过去的事情,仿佛就在昨天,一股浓浓的情谊如潮水一般立时就在胸中涌动。

画　家　梦

　　写下这个题目，心里多少有点遗憾。从小迷恋绘画，却最终没有与画结缘，甚至连一幅自己的画作都不曾留存下来，总有一种虚度光阴的感觉。最早喜欢上绘画，还是从看小人书开始的，尤其是一本叫《鸡毛信》的连环画册，不但让我记住了海娃的急中生智，危急时刻将一封重要信件藏在绵羊的大尾巴下的英雄故事，更让我对画中生动形象的人物造型和场景构图产生了浓厚的兴趣。总觉得画这个故事的人很了不得，就像动画片当中的神笔马良，有着妙手回春的大本事，就凭一个个简单的线条让海娃活灵活现，跃然纸上，从此永远入心入脑，一辈子忘不了。

　　打这以后，我只要看到连环画，不但要看书里故事内容，更看重书中的绘画技巧，人物如何走笔，房屋怎么构架,山要突出哪里,水的特点是什么,仔细琢磨,认真领会。一本画册在其他孩子手里"哗啦哗啦"就翻看完了,我却要从头看到尾,再从尾回到头,车轱辘连轴转,仿佛着迷了一样,看不够也摸不够。就有孩子数落我说:"别人看'小书',你'吃'小书。"这里的"小书"就是小人书,而"吃"的意思就是要刨根问底,这些词都是从大人那里听来的,用在我身上,倒也贴切,适合。

后来上了初中,我就把很多心思用在了美术课上,上课认真听老师讲解,放学一遍一遍地完成作业。所谓作业,也就是熟悉一些简单的绘画常识,分清颜色搭配,学会线条勾勒,画个鸡呀鸭呀猫呀狗呀什么的,从基础学起,从身边事物开始,由浅入深,循序渐进,不求通过作业能成为画家,但求懂得真善美,在潜移默化中培养基本文化素养。印象比较深刻的一件事,是画鸭子。有些同学不知从哪里听来画鸭子的口诀:"语文得了个2,算数得了个0,妈妈打我3棒子,一画画了个大鸭子。"这里"2"代表鸭子头,"0"是眼睛,"3"则是翅膀,随后从头勾到尾,一个鸭子的简笔画便完成了。可我不想敷衍了事,而是回家趴在小饭桌上,借着灯光,开始先认认真真打底稿。远处一座山,山上长满青草,山下一条小河,河边是绿树,一只洁白的鸭妈妈,带领一群小鸭子,欢快地游弋在河水的清波里,画面看上去很温馨,也很美。随后我就开始上水彩,天是蓝的,有几朵白云飘,水是多彩的,衬托着鸭妈妈和她的孩子,红红的眼睛、金色的鸭嘴、黄灿灿的鸭掌,把我自己都迷住了。这不是一首千古绝唱的古诗么,现如今每当我从亲家母教育孙儿的视频中听到"鹅、鹅、鹅,曲项向天歌,白毛浮绿水,红掌拨清波"时,思绪不由要回到遥远的儿时情景,感慨万千。

到了初中三年级,我的绘画水平到了可以临摹山水的高度,自然还是水粉和水彩画。那个时期绘画资料稀缺,倒是有些宣传画随处可见。记得卡子湾皮革厂一带,当时都是一排一排的平房,房顶上立着一根根电视天线,一个高大的厂房墙壁上,有一幅赫然醒目的珍宝岛英雄宣传画并配有"生命不息,冲锋不止"的文字。画面里有一位英勇无畏的年轻战士,端着冲锋枪从树林里一跃而出,舍生忘死地冲向凶恶的敌人。虽然战士额头包扎的伤口血迹未干,却依旧不顾卫生员挥手竭力阻拦,毅然决然冲上去。那种坚毅刚强的面部表情,那种临危不惧的英雄气概,无不给人留下刻骨铭心的记忆。

从这幅震撼力极强的宣传画中,我不知怎么突然联想到数九寒天、爬冰卧雪、风餐露宿、哈气成冰这些和严冬有关的词语来,我就想有机会一定要把这幅画临摹下来,贴在床头,或者拿到班上给同学们展示,也算是对英雄的一种再宣传。很快我就从老师办公室的一个画册里,再次看到了这幅珍宝岛英雄宣传画,并且借回家不吃不喝下功夫进行描摹,一次不行,再来,两次失败,重画。一个是配色,一个是那双眼睛,总是画得不够理想,桌子上、手上、脸上还有衣服上,糊得都是颜料,甚至吐一口唾沫,都带有色彩,晚上做梦都在一次一次进行修改。还好,一个星期以后,一幅浓缩版的英雄水粉画总算完成了,比例对称、色彩艳丽,关键是人物形象饱满、突出,拿给谁看都说非常好,这算是我人生当中第一个成功的人物肖像画,具有纪念意义。可惜这幅画最后不知到哪里去了,经过几次搬家,翻箱倒柜也没有找到,让人心烦。

后来上了高中,恰好村队来了知青,其中就有一个热爱画画的,画板、纸张、绘画铅笔、颜料,一应俱全,我就近水楼台先得月,经常借来用。一段时间画了不少松鹤延年和岁寒三友图,画一幅被别人拿走一幅,一传十,十传百,都知道二大队热书记的二儿子画画得好,登门求画的也大有人在。这个时候,我已成为班上甚至是全学校画板报第一人,一些重要的学习园地和墙报刊头画几乎都是我的杰作。或许因为如此,一年冬天乡上派人找到我父亲,说有一个重要的政治任务要我完成,我就答应来到乡上,在一个专门的小会议室里,伏案开始工作。原来是要画关于孔子周游列国的故事连环画,一套30多幅,要用最短的时间全部画完,然后在乡上的中心大商店山墙上贴出来,让全乡干部社员受教育。

因为这期间是第一次在乡食堂用餐,而且都是专人端上来的,我就有点受宠若惊,便使出浑身解数马不停蹄地来完成这一项光荣的政治任务。一张一张倾力画,一页一页细心描,后来乡上为了赶进度,索性只让我打好底稿,由两个乡干部来帮我描画。不曾想给我打下手的一老一少两个人,一个后来成了县志的总编辑,一个则是堂堂区委书记,现在再回想起来,还觉得是一件引以为荣的往事。而这一套特殊时期的孔子漫画,冥冥之中让我和2000多年前儒家思想的缔造者有了千丝万缕的联系,那就是做梦也没有想到,几年后国家恢复高考,我竟成了孔子故里曲阜师范大学的一名大学生,破天荒第一次出远门,在曲阜度过了难忘的四年大学生活。

直到去曲阜上了大学,我的画家梦依旧还在延续着。毕竟学习和生活环境发生了巨大变化,表现在学习和掌握绘画知识的机会今非昔比,想看书去图书馆或者阅览室。关于美术的图书和画册,国内的、国外的,古代的、现代的,只有想不到的,没有看不到的。这个时候,我逐渐开始认识了齐白石、张大千、潘天寿、徐悲鸿等绘画名家,对他们的生平和作品有了初步了解。也就在这个时候,我终于搞清楚了引领我热爱绘画的小人书《鸡毛信》,是著名画家刘继卣先生的作品,先生不但画连环画,画虎也是一门绝技。还有吴作人的骆驼、黄永玉的猫头鹰、李可染的山水、黄胄的毛驴、刘文西的人物画,都独树一帜,属大家珍品,让我大开眼界。

当然也对外国的绘画情有独钟，一本安格尔的《安格尔论艺术》让我爱不释手，对他的《帕格尼尼肖像》也是百看不厌，艳羡有加；还有达·芬奇，一幅神秘的《蒙娜丽莎的微笑》，怎么看怎么回味无穷；还有罗丹、米开朗基罗、毕加索、马蒂斯、达利和列维坦等都是绘画界大师级人物，了解了他们，才能了解世界绘画的过去和将来。

这个时候，我的主要精力只能在专业学习上，也就是汉语言文学。表面上看似乎内容单一，然而涵盖范围却很广，包括教育学、心理学、哲学、政治经济学、文艺理论、写作、文学史等，还有一些公共课和选修课，总感觉哪一门都很重要，都不想放下。因为自己本来就基础弱，各方面都落后于其他同学，尤其那些"老三届"同学，知识储备扎实、学习劲头超强，恨不得不吃不喝，把一天当作两天用，把世界上所有知识都一股脑装进肚子里。我如果过于分心，学习和绘画都想要，那么到头来就可能一瓶子不满，半瓶子晃荡，两样都是学无所成，无颜见江东父老。所以最终权衡利弊，主攻专业是正道，兼顾绘画只求掌握知识和动态，不再做实际操练，也就是只动眼看、动耳听、动嘴言，不能再有意专心动手做，否则想吃后悔药都没有地方去找了。

然而毕竟打心眼热爱绘画，猛然间与此一刀两断，那也很不切合实际。时间容许的话，听听美术讲座，看看美术展览，对陶冶性情还是大有裨益的。比如有一日听美术大家吴冠中先生讲座，就很受启发，想不到第二日去孔庙游览，无意中又看到吴冠中大师坐着一个小马扎在那里写生，一身蓝色工作服，一副淡然安详的神态，心无旁骛，不事浮华，聚精会神投入到绘画当中，其本身就是一幅生动的作品。

虽说不再动手了，想不到却给别人当了模特。一次学美术的一个同学和我商量一件事，说他正在完成一幅毕业作品，需要几个人物形象，看中了我作为其中之一,不知能否愿意给他当一回模特。我和这个同学同在一个小食堂吃饭,他人很谦和,画也画得好,第一次对我张口,我就不假思索,满口答应。实际上画画难,做模特同样难。大热天的,身上不时地出汗,关键是一动不动长时间坐在那里,有点不好受。而这位同学一旦进入绘画状态,似乎就忘了你是一个实实在在的活体,他不动,你就不好意思动,头上的汗水流进眼里了,涩涩的,痒痒的,很不是滋味,也得继续忍受。

还有一次是我主动要求的,画像者虽不是美术班的,但人物素描却画得非常棒。画的是半侧身头像,铅笔素描,同学先观察,再动笔。随后再起身,给我正位,先近后远再观察一番,才坐下来,一边看我,一边在纸上画。这样大概经过两个多小时,一幅我的素描头像就彻底完成了。"贝保,知道不,给新疆同学画像很过瘾呢!"他说。"鼻子高,眼窝深,头发卷是吧!"我一边看着画,一边很是满意地回答。"关键是轮廓分明,特点突出,画着来劲!"同学画着来劲,而我看着攒劲,不由得伸出大拇指给他点赞。后来这幅珍贵的素描头像也不翼而飞了,自己画的画一张没有留下,别人画给我的画也不知道去哪儿啦,我就像做了一场画家梦,等醒来的时候,一切都不复存在了。

站在高高的山梁上

　　说起来也真是不可思议,自打孩提时代开始,做梦都向往着城里的生活。可是现实当中一旦真正变成城里人,每天看着马路在拓宽、楼宇在攀高、人口在膨胀的时候,那种曾经以城里人而自居的优越感就像小鸟一样一去不复返了,取而代之的则是对田园风光的憧憬和眷恋。

　　我就在想,或许是人到了一定的岁数,如同条件反射一样返璞归真,寻求一种原生态的自然生活。就像我,虽说在城里生活了几十年,到头来依旧开始逃避城市的喧嚣和拥堵,让自己置身于一片蓝天和绿色之中,看着牵牛花在农家藤蔓上五彩缤纷地盛开,听着房前屋后鸡鸭牛羊的混声合唱,一种浓郁的乡土气息扑面而来,让我再一次感受到了家乡的亲切和温馨。

想当年,我曾是一个逐水草而行的放羊娃,每当羊群低头啃食着草皮的间歇,我就会站在高高的山梁上,一边漫无目地四下观望,一边心里默默在想:我这孤独寂寞的苦日子何时才能熬到头,乡下人那幸福美满的新生活何时才能盼得来啊!

我的家乡位于芦草沟中间地带,不过需要说明的是,不是远在霍城县的芦草沟,而是地处乌鲁木齐近郊的芦草沟。有意思的是,因为同名,那一年我在某网站上发表了一篇散文《放羊的日子》,被一个伊犁的网友看到了,于是给我留言进行一番赞赏之后,问我是否也是伊犁人,如今是否还在芦草沟?也就是因了一个地名的缘故,我和这位网友开始熟悉起来,进而引申为文友。

家乡原来叫顾家沟,据说是因为新疆和平解放前有一户顾姓人家居住得名。后来顾姓人家不知去向,恰好赶上大炼钢铁,就改称焦炭厂,后来衍变为综合厂,或许因曾经一段时间养过猪,也曾叫猪场。因为这些"厂"和"场"最终无法解决吃饭问题,于是就并入乡上村队体例,按顺序成为东山公社二大队二队,也就是现在的芦草沟村第二村民小组。

起先队上只有三十来户人家,土地比较富余,后来人口不断增加,原先的那些水浇地就不够了,只得开垦出一片一片的旱地,种上麦子和豌豆之类的庄稼。遇上风调雨顺的年景,多少收些粮食和饲料,如果是个旱年,庄稼只有膝盖那么高,稀稀拉拉的,用不着镰刀割,用手拔就行,成了真正意义上的广种薄收了。

和其他队上比起来,我们队那时水源还算充裕,除了上面一大队水库的水能保证供应之外,队上还有大大小小的多处泉眼,常年流水不断。于是,在几任队长坚持不懈的带领下,全队劳力先后修了三个涝坝,靠近旱地梁的叫大涝坝,到了夏天的时候,不仅上庄子的土地完全靠其浇灌,同时也是队上大小牲畜和托克逊过渡羊群的饮水之处。不过最高兴的还是我们这些毛孩子，只要看到大涝坝蓄满了水，就成群结队地赶过去，还没到跟前，就急忙脱光了衣裤，然后争先恐后"扑通、扑通"跳进水里，仿佛一群鲤鱼争食似的，"噼里啪啦"乱作一团。

二涝坝位于芦苇滩，似乎一年四季都被高过人头的茂密芦苇覆盖着，除了巡水的人定期去抽涝坝的阻塞子，一般人不敢造次。据说涝坝里有蛇窝，是毒蛇出没的地方，甚至有一条蛇王跟人的胳膊一样粗，口一张露出鹰嘴一样的两颗毒牙，吓死人呢。所以即使芦苇滩的芦苇都收割光了，也没人敢去割二涝坝里的芦苇，任其自生自灭，顺其自然。

小涝坝就在大院子，也就是队上的政治文化中心不远处，除了浇地功能，附近人家的鹅和鸭子便游戏其中，只要有一只发出叫声，其他的便齐声附和，"嘎嘎"的叫声响彻一片，久久在人们的心头回荡。

过去每到夏收之际，几乎全队的人都在旱地梁上，因为旱地面积大，而且分布在绵延不断的一个个山梁上，战线拉得很长，相互间传递信息仅靠嘴喊已经不行了。三伏天烈日高悬，暑气逼人，仿佛被蒙在蒸笼里一样，豆大的汗珠像雨点一样往下掉，劳累了一天，腰来腿不来，蹲下起不来，口干舌燥，浑身乏力，向别人要一口水喝，连喊一声的劲都没有了，即使是扯着嗓子喊，别人也不一定能听到。于是就像电影里的海娃一样，将褂子举过头顶来回摇上几下，当别人正好也看到时，才能做出恰当的回应。

这个时候，只要远远看到某一个山坳尘土飞扬，很有可能就是驮水的尤奴子或是木和买，赶着大麻驴或是二麻驴，沿着羊肠小道正步履艰难地爬坡呢。很快就看到两只长长的驴耳朵先露了出来，接着就是"呼哧呼哧"喘着粗气的毛驴甩着头，一步一步向旱地梁靠近，驴背上两个大大的木桶盛着酽茶。由于来回颠簸，桶里的茶水"咣当咣当"响着，一不小心木头塞子"砰"的一声飞向空中，于是一股浓浓的茶香开始在旱地梁上弥漫，让人猛然间找到了家的感觉。

最热闹的是捞油香吃糊尔墩，或者支上一口大铁锅做抓饭的日子。遇上这样吃大锅饭的待遇，简直成了全队盛大的节日，各家各户的锅碗瓢盆全部派上了用场。男人去排队等候，女人则像母鸡孵小鸡一样，让孩子围着自己坐成一圈，而且不时叮嘱着一些吃饭的要领，还不等男人靠近，孩子们的手就伸过去了，一个个饥肠辘辘的样子看了让人过目不忘。

后来实行土地承包制以后，就再也看不到那种轰轰烈烈的浩大场面了，取而代之的是润物细无声的有序经营。地少了，粮食却打得多了，而且种什么、怎样种，完全由庄户人自己说了算，成了土地真正的主人。同样不可思议的是，年轻人似乎越来越不愿意在地里劳作了，不是去读书就是去打工了，在他们看来外面的世界更精彩，实现自我价值就应当置身于光怪陆离的大千世界，而土地上那些事情有父母打理就已足矣。

我们的父亲母亲的确对土地一往情深，而且随着时间的推移，对土地的理解也越来越深刻。早些年浇地一律大水漫灌，由于耕地高低不平，流经之处或泥土流失，或秧苗浸泡得不偿失。现如今讲究精耕细作，不仅土地平整得跟地面一样，都在一个水平上，而且种在地里的庄稼也是花样翻新，长势看好。我就发现，队里的庄户人家特别在意市场行情，什么挣钱就种什么，什么来钱快就种什么。除了老三样小麦、油葵和玉米，许多人开始套种一些经济作物，而且舍得花本钱，不仅购买尿素二胺，还不辞辛苦地去山里牧民那里买几车羊粪，交叉着上到地里，换来的是盆满钵满。

有一件事一直让我感动，那天在队上和一个老伯聊天，谈及种地成本的时候，他一口一个感谢党和政府，竖起大拇指夸赞现行农业政策的诸多好处,我就问:"都有哪些好政策?"老伯就说:"你看,国家先是把有关税收给免了,接着又是粮食补贴。这么大的一个国家,那么多的农户,那要负担多少钱啊,真不容易。还有种子补助、农业机械补贴,过去做梦都不敢想的事情,现在都成了活生生的现实,能不知足,能不满意么!"一个再普通不过的庄户人,都在为国家着想。

我是1977年高中毕业的,考虑到我的学习成绩比较好,乡里让我去小红沟乡炭厂学校代课。乡炭厂在那条著名的煤炭一条沟里,除了乡炭厂,还有一个国营煤矿和米泉县炭厂,虽说我家到乡炭厂直线距离不长,却因中间横卧着一道道山梁,我必须每天翻山越岭才能到达。

其实学校只是一个复试班教学点,只有一间教室,是那种低矮破旧的土坯房,课桌椅也破烂。当时那种情况,不要说一个地处偏远的教学点了,即使乡里唯一的一所中学,不也是白手起家,拆东墙补西墙地坚持着开办下去。我记得非常清楚,我上高一年级的那间教室,抬头可以望见天上的星星,刮风满地纸张乱飞,正所谓"茅屋为秋风所破歌"中的那种"塌塌房"。然而硬是凭借着全体师生自力更生,就地取材,不仅修补好了教室的所有漏洞,就连课桌椅都修造齐全了,所不同的都是水泥槽型板改造而成,虽说坐上去冰凉冰凉的,但那种如饥似渴地学习热情依旧非常高涨,特别是我在全班脱颖而出,破天荒在恢复高考之际金榜题名,成了全乡第一个土生土长的大学生。

也许是和教育有着不解之缘,走上工作岗位先后都是在教育部门,甚至再后来到了县政府任职,也是主管教育这一块。如此一来,我到学校的机会就多了起来,尤其是那些农牧区学校就成了我常来常往的地方。

20世纪90年代初,那个时候正赶上自治区级中小学教育"两基"达标,整天满脑子都是"基本普及九年义务教育,基本扫除青壮年文盲"这些硬性指标，生怕因为自己工作不到位，影响了大局。由于乡与乡之间经济发展不平衡，对教育的投入就有多有少，于是只得马不停蹄，连续作战，用妻子的话说叫"明明早上还是在北郊安宁渠呢，下午就已经到了达坂城阿克苏乡了"。

当时有个流传甚广的口号"人民教育人民办，教育人民办教育"。各乡就以此为动力，不分白天昼夜，走家串户，深入发动群众，有钱的出钱，有力的出力，而且劝学和扫盲紧密结合起来，实行领导责任承包制，取得了积极的效果。

国家始终把教育的发展摆在优先发展的位置，尤其对农村教育给予资金上的有力倾斜，从而保证了当时九年义务教育阶段教育健康有序的发展，不仅如此，国家还对贫困家庭学生实行"两免一补"政策（免课本费、免学杂费，并给寄宿生补生活费），极大地减轻了群众的负担，让广大贫困学生真切感受到了阳光般的温暖和慰藉。

就像我此时站在高高的山梁上，极目远眺，一片葱郁之中映入眼帘的首先是一座座造型别致的醒目建筑，不用说那就是现在的一所所学校。可以毫不夸张地说，当今农村最好的建筑就是学校，而且以往想都不敢想的远程教育，也在不知不觉间走进了农村学校课堂，激励着农家子弟走向美好的未来。如果说当年队里出个大学生是一件稀罕事，现如今农村孩子考上高等学府早已习以为常。就以岳母家为例，先后就有15人取得大学文凭，到了我们孩子这一辈，不仅儿女双双成为首都名牌大学的高才生，而且百尺竿头更进一步，毕业后又先后获得硕士研究生的学历，这在以前可是从来没有过的……

我之所以在时隔几十年后反过来迷恋乡村生活，除去城市喧嚣和工作压力的缘故，很大程度上取决于交通的发达和便捷。我们小的时候全乡没有一条柏油路,而交通工具也是以毛驴车和马车居多,家庭经济状况好一些的才有一辆自行车。那时不要说汽车了,就连拖拉机都成了高档次的交通工具,不是谁想搭乘就能搭乘的。

所以说要想富,先修路。自从乡里修了柏油马路,人们的出行变得方便多了。先是通了一天两趟的班车,结束了"晴天一身土,雨天一身泥"的窘迫历史,勤劳朴实的庄稼人衣服穿得展展的,皮鞋擦得亮亮的,体体面面地穿梭于城市与乡村之间,揽营生、跑买卖,想着办法往兜里装钱。后来就有乡邻跑起了中巴车,从早到晚随叫随停,人们戏称"招手停",简直服务到家了。而今城乡道路四通八达、连为一体,因为是清一色的硬化路面,交通工具与时俱进,多种多样,大巴、中巴一辆接一辆,出租车在乡下也是比比皆是,满地跑了。

就这样,我一次次站在高高的山梁上,亲历着家乡庄户人生活的变迁和发展,打心眼里感到一种由衷的欣慰和喜悦。虽说我名义上是城里人,可骨子里却深深打上了农民的烙印,所以我不仅迷恋故乡的一草一木,而且义无反顾地为父老乡亲的幸福日子高唱赞歌。

亲历解放生产力

秋天是收获的季节，也是庄户人最劳累的时候。一年的辛苦和希望都在地里长着，沉甸甸的一大片粮食直到颗粒归仓，他们才能睡个囫囵觉。

这个节骨眼上，劳力弥足珍贵。家里人口少的人家，担心天有不测风云，只好花钱雇劳力，虽说加大了成本，却能避免庄稼烂在地里。

岳母家有八个子女，除一个儿子靠种地为生，其余都住在城里。到了秋收之际，便及时转换角色，轮流赶到乡下，或操镰，或挥锹，俨然一个个庄稼汉在洒满阳光的田野上体验一种久违的成就感。

而最近的一次秋收劳作，却因内容和形式都发生了巨大变化，让我们在短暂的高强度节奏中，真正领略了技术创新的成果。

以往都说农活很苦，关键是生产力落后，除了犁地和拉运等少量劳动靠机械，其余大都要人工完成。面朝黄土背靠天，日出而作、日落而息。就以玉米而言，从一粒粒播种到土壤之中，到最终再一粒粒从棒子上剥离下来，期间要经过间苗、除草、壅土、施肥和浇灌等烦琐环节，如果遇到病虫害，还要及时进行防治。而这一切不仅费时，也很费力，很多人都吃不消。尤其是玉米长过头顶的时候，穿梭于其中，除了要经受馕坑一样的闷热和烘烤，脸上还难免被锋利的玉米叶子刮伤，一道一道的，经汗水一浸，就像伤口上撒了一把盐，疼痛难忍。

问题是很多时候并不能保证劳有所获，特别是苦了一个夏天的庄户人，眼巴巴看着一袋袋的粮食卖不上一个好价钱，心里没着没落的不知如何是好。掐指一算，机耕费、种子费、化肥费、农药费和水费，说不准还赔了呢。

而且这些成本当中并不包括人工费，实际上人工成本占比最大，也最消耗人的精力和体力。庄户人有一个不成文的规矩，就是通过相互"帮工"的方式，完成一些急难重活，也就是你家地里的活忙我帮你出工，反之我家急需劳力你来搭手，而且给谁干活谁来管吃。

如此一来，同样的劳动可能就会多次重复。比方打场，因为场地有限，从摊场到扬场，一般会持续好几天，要是赶上下雨，顺延到何时就没有定数。为了让别人给你出工又出力，首先你自己不能磨洋工，即使体力不支也要强打精神，人累不说，更重要的是心累呀。

不过，农业增效、农民增收和农村稳定的"三农"问题，那时已经提到了党和国家的重要议事日程，最重要的标志，就是每年一开春印发的中央"一号文件"，不仅让中国农民吃了一颗定心丸，而且得到了越来越多的实惠。

首先是免去了持续千年的"农业税",让老百姓一下子从繁重的经济负担中解放出来。接着又是粮食和农机具补贴,用农民自己的话说:"以前种地给国家交钱,现在国家给我们贴钱,成了真正的主人啊!"

所以,当我们结束了先前在田野里的那种原始秋收方式,转而回到庭院,看着一台"嗡嗡"作响的新型农机具,在最短的时间将一大堆掺杂着草屑和渣滓(上等饲料)的葵花籽,传输、清扬、筛选、装袋,快捷有序、一气呵成。不要说我们几个连襟和内弟们看呆了,就连耄耋之年的岳母也咂嘴叫绝,感慨万分。"活这么大岁数,第一次看见这么快的东西,啥机器呀?"岳母问到。

问了师傅才知道,这台农机具叫粮食清选机,而且还是新疆本地制造的,属于国家补贴的农机具,14000元的价格国家补贴了4000元。使用方法是拖在拖拉机后面,平时跑运输,秋季专事粮食清选。因为生意兴隆,收入可观,虽说糊得灰头土脸,面目全非,心里却喜滋滋的。

而我们也由于分工明确,各司其职,一直显得忙而不乱。挥锹者往传输桶里不停铲着葵花籽,任葵花籽像黑色石油一样滚滚翻涌而上。经过几道筛子来回筛选和清扬,草屑被吹散到院外,渣滓被分流在一边,而清洁之后的一粒粒乌黑饱满的葵花籽,则沿着出口"哗啦啦"顺势装入袋子中。

尽管我们喝茶的衣服和干净的头脸已被飞扬的尘埃弄脏了,甚至气喘吁吁,汗流浃背,但我们也一如那位师傅一样,个个喜上眉梢、谈笑风生。一个多小时的宝贵时间只需60元钱的优惠价格,说到底是一件划得来的事情。更重要的是,在这紧张而富有成效的时光里,第一次亲历了解放生产力的快乐。

水　洞　子

　　水洞子位于涝坝沟和甘沟之间的山梁上,甘沟那头向上引水,涝坝沟这边往下顺水,然后流经石人沟三队汇入芦草沟河,浇灌范围包括石人沟三、四队和下游芦草沟村和人民庄子村的大部分水浇地。

　　我曾写过一篇散文《两个甘沟:一个在东山,一个在南山》,这个甘沟就是指东山的甘沟。而这个水洞子,则是当年芦草沟乡的一个水利工程,因水流要经过一个人工山洞,故取名水洞子。

　　那一天,我们一行人驱车来到涝坝沟,稍事休整之后,顺着盘山土路向甘沟进发。因为是在秋季,山上的草木不像春夏那样葳蕤、葱茏,山道土质松软,车一跑便尘土飞扬,不敢开窗。到了山顶再一瞧,远处博格达峰皑皑白雪、巍然耸立，近处马牙山一片青黛、苍劲。顺着一条沟谷望去，早先零零散散几户低矮的土坯房，早已被一排排错落有致的红顶砖混结构房所取代。而沿着天山方向朝南看，依旧林木繁茂、稠密，几乎都是榆树，间杂一些白杨和松树，只瞧见大小牲畜穿行于林木间，却看不见路在哪里，而那座凝聚着乡上专业队心血的潜水坝——一汪湛蓝之水，清澈透底，给大片农耕地送去甘露，不知当下究竟如何。

　　大家一致吵吵着要先看水洞子，随后再一路探寻潜水坝的踪迹。于是我们就怀着好奇的心情，顺着山坡说说笑笑来到了水洞子。水洞子坐落于杂草丛生的一座山梁上，就像一座用水泥和石料砌成的城门，石料一层一层整齐有序地压着茬，水泥勾缝的痕迹依然清晰可见。之所以把水洞子比喻成一座城门，是因为除了门洞，这里还有门框和门楣。门洞呈拱形，分两层，里层凹进去，外层凸出来，走进门洞再看，朝南一侧修砌了齐腰高的水槽，一直向纵深延伸，只听"哗啦啦"的流水声，黑黢黢什么也看不清。此时正有一红一蓝两根胶皮水管从门洞里伸出来，一根红管子拉到了山上，一根蓝管子延至山下，看来都是在引水浇灌。我们都急于想了解水洞子上方的铭刻，"水洞子"三个字字迹模糊，看不太清，而下方的修建年份也只能隐隐约约看见"一九七六年建"六个字样，倒是旁边的一枚花饰却是完好无损。

　　一九七六年到现在，掐指一算已有数十个年头，真是弹指一挥间啊。于今一想，一九七六年的夏天，那时我们正在上高中，正在天山脚下一个叫骆驼脖子的地方含辛茹苦地挖贝母，天一亮就出去，擦着黑才赶回，多的采挖一两公斤，少的也就五六百克。而在甘沟，一群来自芦草沟几个大队的青年男女壮劳力，也正在紧锣密鼓地为乡上的这个水利工程，辛勤地劳作着。山上修一座水泥山洞，洞中再建引水槽，山下建一座潜水坝，拦截山里下来的流水,再通过一条引水渠,把水引到山上,经过洞中水槽,将水从甘沟引向芦草沟。仔细一想,也算是一个大工程,一是当时运输工具少,拉一趟水泥和沙子,要跑很远的地方。二是干活的人要全部住在沟谷里,实际上就是地窝子,条件差。三是关键干这么重的体力活,肚子里的油水却很少,时间长了身体受不了。我曾听一位朋友说,他们当时要么猜拳,要么摔跤,谁输了送对方一个白面馒头,日子很艰苦。

上学那阵子,为了到甘沟掐地皮,也就是野草莓,我们几个要好的同学,钻过一次水洞子。从甘沟的方向往涝坝沟走,一律低着头,猫着腰,一个紧跟着一个,生怕丢在后面。因为伸手不见五指,并且说话有回音,所以走在最后面的那个人,总觉得身后还有一个人跟着,心就开始发毛,他一喊一跑,前边的人连锁反应似的以为有情况,心也开始怦怦跳,进而加快脚步,不是撞了头,就是身子一趔趄,猛地"唉吆"一声,等到好不容易钻出水洞子,一个个都出了一身冷汗。

下山到甘沟,一路向南开,刚开始还有路,越往里越难走。有些地方几乎没有路,或者道路被鹅卵石淹没了。幸亏我们开的是越野车,这里绕一绕,那里探一探,总算走到了再无路可走的地步。一个突出印象,除了树多,就是随处可见的牛羊和马匹。尤其是那些牛,大的小的,黑的黄的,悠闲安然,自由自在,要么慢慢腾腾地行进在回家的路上,要么安卧在树荫下,一边好奇地打量着我们这些陌生客,一边有滋有味地反刍着牧草,一幅天然原生态生活图景,令人惬意。

也许是因为一次次的山洪,沿途布满了鹅卵石,河床叫作"石床"似乎更贴切。我就想到九六年达坂城那次大洪水,冲毁了道路、铁路和一些民房。我带领一干人马到后沟慰问,汽车过河的时候,差一点就被洪水冲走,让人刻骨铭心。

水洞子至今发挥着引水的作用，可见一座利民工程的意义所在。实际上芦草沟水系，除了甘沟水洞子，主要来自涝坝沟、石人沟村三队、大石头沟和天山牧场，也就是现在石人沟水库上边的溪流。不过芦草沟最早的水库不在现在的位置，而是在一大队三队和四队的交界处，以前都叫三队水库。当时那座土坝从三队方向看不显山不露水，如果从四队方向朝上看，截然不同，很壮观，也很大气。

一道东西走向的长坝像一座黄土高墙，东边方向出水口有一个特殊的水阻装置，提水、阻水均在于此。当年我们每每去涝坝沟的爷爷和大伯家，都要在这里停留片刻。这是一个突出的水泥台子，一根卷扬螺旋钢杆从上延伸到水底的出水口，转动最上边的转轮，螺旋钢杆或升或降，下边一个水阻子。升上来，阻口上端就呈现一个水漩涡，不一会出水口"哗啦啦"水流响彻；放下去，一阵工夫风平浪静，水流切断。钢杆和转轮黑乎乎、油汪汪，水利干事定期进行着养护，不然生锈了，就失去作用。

有一年冬天，学校组织我们到三队水库参加劳动，那场面很热闹，红旗猎猎，人头攒动，虽说是数九严寒，场面却是热火朝天。我们的任务是拉土垫坝，三人一辆人力车，一个推车，两个帮手，车来车往、你追我赶。而且还要不停地给工地广播站投稿，鼓动士气，一会一个表扬稿，一会一个任务完成情况播报，谁都不甘落后，谁都想多干一把，现在想起来仍然感到热血沸腾。我们都是农村孩子，都知道水对庄稼的重要性，如果水跟不上趟，再多的辛苦都是白费，就像古人所说的"皮之不存，毛将焉附"。所以每每到了浇水的时候，队队都派出巡水员，不管白天晚上，扛着铁锨，顺着渠道来回巡水，尤其遇上干旱年份，把水看得比油还要珍贵。

因而水的防渗就显得尤为重要。芦草沟很早就修了一条防渗渠，到了各生产队的地界，都有一个分水口，铁板一拉一堵，水就分好了，非常方便。如果说芦草沟河是一条干渠,防渗渠就是斗渠,而修在田间地头的则是毛渠。当时乡上防渗渠一律用鹅卵石和水泥修砌,勾好缝子,两边的石头露出来,看上去疙里疙瘩,却很实惠,上下一点不滑。渠底面尽量用水泥抹平,用最短的时间让水流到庄稼地。因为当时水泥都叫洋灰,习惯上就把防渗渠叫洋灰渠,洋灰渠从磨石嘴子到三大队,距离长,有坡度,就顺势在坡度大的地方修一个跌水,我们叫作"大坑"。洋灰渠一到来水的日子,就成了我们玩乐的好地方,脱了鞋子,卷了裤腿下到水里,使劲踩水,让水花四溅,浑身湿漉漉的却一个个乐得忘乎所以。如果谁穿了一双凉鞋,走在长满苔藓之处,就故意炫耀着唱着歌、踩着水高调而过,就因为那种凉鞋能够防滑。而这时候我们必须小心翼翼,不然一不留神就可能摔个四脚朝天,如果正好走到了大坑跟前,说不定就"扑通"一声掉到大水坑里,伤了身子。当然,这都是水量小的时候。

而大坑则是我们洗澡的理想场所,因为落差的原因,大坑或大或小都能形成一道瀑布,使我们钻进钻出,乐此不疲。当然这也有一定风险,一是下大坑,先要猫着腰,伸出两手做一番清理,主要看有没有会划伤脚的玻璃碴子等危险物,不然,只顾着兴高采烈玩水了,脚却被水中的东西扎破了,划不来。再则就是最怕突然来水增加流量,顺势带下来木头棒子或者一块烂铁皮,而此时正巧有人钻瀑布,不注意让上述东西砸在脑袋上,也是一件最不愿意看到的事情。好在我们都平安度过了儿时的岁月,现在再想,都是一些难忘的记忆。

第二章

送你一束沙枣花

☑ 忆往事
☑ 话边疆
☑ 玩出圈
☑ 遇佳作

扫码进入

掐 "地 皮"

说到"地皮",不要说城里人,即使有些农村孩子,也不一定知道是个什么稀罕物。

实际上,"地皮"就是野草莓。或许因为贴着地皮生长,随口起了这么一个名字,虽说起的名字土得掉渣,却给人一种亲切感。碰上几个上了岁数的人凑在一起,谈及当年的上山经历,仿佛眼前重又闪现出"地皮"的影子,一个个顽童般垂涎欲滴,几度沉醉。

"地皮"属多年生草本植物,叶深绿,呈多瓣半圆状,层层叠叠,一簇一簇,混杂在没膝的草丛里,若视力不佳者经过,哪怕是在眼皮子底下,也会被忽视。聪明者就靠嗅觉帮忙,哪里香气扑鼻,哪里或许就有"地皮"。

"地皮"生长在细长的茎之上,年景好时,果实就像小灯笼似的挂着，一串串红艳艳的。特别是沁人肺腑的浓浓的味道，仙气一样袅袅弥漫，香香的、甜甜的，扔一枚果子到嘴里，像水蜜桃一样就化了，而久久不散的醇香，则让人余香满口，心旷神怡。用一句时髦的广告语来形容："味道好极了。"

房前屋后小山包都有的"老鸦蒜"，在冰雪融化之际，随便拎根铁棍上山，片刻工夫就能挖上一大堆，轻松得很。而"地皮"则生长在人迹罕至的大山深处，显得弥足珍贵，而且只有到了盛夏时节才成熟。享用一次美味的"地皮"，就不那么简单了。首先是采摘路途遥远，两头不见太阳，大人不放心，只有偷着去才行。再则去了不一定能找到地方，即使找到了地方，也很有可能因破坏草场而遭到牧民的阻拦。饥肠辘辘地空手而归也就罢了，最担心脚上的鞋子被磨烂，那个年代一双鞋子要穿几个夏天，若把鞋子磨烂了，就只得打赤脚了。

毕竟都是孩子，经不住诱惑，头天晚上凑在一起悄悄地商量，第二天大清早就上路了。常去的地方叫马牙山，途中要经过一道道连绵起伏的旱地梁。由于粮食都不富余，怀揣一块苞谷馕或是锅盔就不错了。问题是一边走，一边还要好奇地找些掏鸟窝和追野兔的把戏，不等到旱地梁上，怀里的干粮就吃光了。于是趁人不备，猫着腰钻进豌豆地里，大把大把地捋豌豆吃，吃得一个个嘴角淌绿水，肚子也鼓胀鼓胀的，一路走一路"怦怦"地放响屁。

说是掏鸟窝，其实却很少付诸行动。特别是路过大涝坝上面那条深沟时，看到那些人工垒起的石头堆，我们就会跑过去，在一片"叽叽喳喳"的叫声中，搬开一块块石头，看一窝窝雏鸟如何嗷嗷待哺。

我们之所以不伤害这些小鸟，因为这是被称作"铁甲兵"的红粉椋鸟，是农民的朋友和助手。那些年遇上干旱，旱地梁上蝗虫成灾，一跺脚"嗡"

地飞起一大片，"噼里啪啦"扑打在脸上。幸亏这些神勇的"铁甲兵"，否则粮食就被蝗虫糟蹋残了。"铁甲兵、铁甲兵，哪里需要哪里冲，蝗虫见了无处藏，消灭害虫为百姓。"儿时的这首歌谣，我们至今都记忆犹新。

然而看到野兔子就另当别论了。当时我们手中都有一根棍子，边走边不住地四处敲打。不是为了打草惊蛇，而是梦想着能遇上一只野兔子，如果正巧被我们发现一只藏匿在草丛中的野兔子，经过一番围追堵截，将野兔子逼到一个死角，说不定就是一次意外的收获呢。

不过捕获猎物的概率几乎为零。和家兔相比，野兔子的速度简直快多了。突然发现身边蹿出一只野兔子，不等反应过来，野兔子就"嗖"的一声蹿出去老远，上气不接下气追到山梁上，野兔子早已不见踪影。刚蹲下身子歇一阵，又一只"噜噜噜"地从眼前一晃而过，接着高喊着再追，野兔子又像闪电一样销声匿迹了。

一次偶然发现几个洞穴，我们如获至宝，误以为就是兔窝，急忙封死其他几个洞口。然后捡来柴草，塞进保留的洞口，将柴草点燃，期望通过烟熏火燎，把野兔子逼出洞穴。接着脱下衣服，等野兔子仓皇而逃的一刹那，奋力将其扑住。

没有想到，冲出洞口的不是野兔子，而是一只龇牙咧嘴、毛茸茸的大家伙。像狼又像狗，特别是一条粗长的拖在地上的大尾巴，扫把一样扫了过来。我们哪里见过这阵势，鬼哭狼嚎一般扔下衣服四散而逃，几乎把魂都吓飞了。后来再一想，才知道那是一只狐狸，多亏是只狐狸，如果真的是一匹饥饿的狼，那可凶多吉少了。

有了这次可怕的遭遇，我们再也不敢做无谓冒险了，顺路去顺路回，相互照应着，不让一个人掉队。即便如此，我们始终没有一次满载而归。都说樱桃好吃口难开，幸福不会从天上掉下来，这"地皮"也是想着急、闻着香、看着馋，就是藏而不露，呼之不出，没有办法。

明明闻香而驻足，惊喜中弓腰低头仔细查看，不是被羊群啃食了，就是被马蹄子践踏过。除了一片片绿叶，只有稀稀拉拉几颗果实，而且已经残破不全，只好望"莓"止渴了。

上山的时候贪心不足，总希望时来运转，随身携带着一个挎包。一个绰号叫"尼牙孜泡契（吹牛）"的家伙，甚至硬要他妹妹找一条面袋子带上。可是忙活了一整天，腰酸背疼，饿得前心贴后背，到头来也只有攥在手心的一小把，而且舍不得吃上一个。等回到家时，"地皮"早已蔫头耷脑不说，上面还落了一层尘土，不要说让大人尝上一口鲜，自己看着都垂头丧气。

至今一想，之所以那时用"掐"，而不用"摘"或者"拔"等词汇，很大程度上是因为物以稀为贵。现在不要说等到夏天了，即使寒冬腊月，吃草莓也是轻而易举的事情，个大不说，品种也多。

可我依旧怀念那些掐"地皮"的日子，是因为那绵延不断的纯天然味道，还是儿时那天真无邪、患难与共的最真挚的情感呢？

我想都是。

"草根花"

逛早市，经常能遇到卖一些稀罕物的，没有固定的摊位，随地堆成一堆，要么是沙葱、要么是榆钱、要么是苜蓿芽，随着季节变化，摊位的物种也相应变换。都是久违的乡土货物，叫卖声也很特别，难免会让过往的行人停下脚步，蹲下身子瞧个究竟。一看是多年不见的野山菜和土特产，从而勾起记忆深处许多往事，一边和摊主拉家常，一边顺手装上袋子，过秤，交钱，仿佛得到一份意外收获，摆摆手，心满意足走了。

这些年，人们对吃的东西越来越挑剔，最突出的一个特征，就是有人隔三岔五往乡下跑，挖黄花杆、采野蘑菇、掐蒜苗子，凡是地上长的能吃的东西，都想亲口尝一尝。说是为了尝鲜，实则瞄上了其中的营养价值，然而人一扎堆,难免乱挖乱采,造成生态破坏,一些地方就拉上铁丝围栏,仿佛一道防线,起到保护作用。

记得小时候,漫山遍野都是我们活动的广阔天地。一开春,冰雪还没有完全融化,放学回到家,匆匆填饱肚子,一人手持一根铁棍,急不可耐地奔上山去。这时节,山上的阳坡面已经有老鸦蒜在生长,虽说稀稀拉拉,却足以让我们欢欣鼓舞。憋了一个漫长的冬天,眼见着用老鸦蒜来一解嘴馋,谁不想捷足先登啊。

然而到阳坡,必须先要经过阴坡,阴坡存有积雪,到处泥泞不堪。我们挖老鸦蒜心切,顾不得脚下又湿又滑,一不小心摔一跤,全身上下都是泥巴,只好回家等着被大人训斥。老鸦蒜一开始只有一根小小的红苗破土而出,视力不好的发现不了,所以似乎形成惯例,谁要是发现一株都要大声报告"我发现一棵老鸦蒜!"

实际上我们乡下都叫"老鸦(wā)蒜",就像乌鸦不叫"乌鸦",而叫"黑老鸦(wā)",究竟这个"老鸦蒜"和乌鸦到底有啥关系,直到今天也没有闹明白。不过有一点却要承认,这老鸦蒜的确和大蒜的外形十分相似,只不过大蒜是一瓣一瓣,而老鸦蒜是一个整体,白白的,甜甜的,口里生津,心中添美,何乐而不为。

等到老鸦蒜大面积生长,眼前到处都是银色的叶子、黄色的花,光灿灿一片,耀眼得很。这个时候春光明媚,大地披上绿色盛装,一幅生机盎然的景象。看天上万里无云,蓝如大海,一只只云雀挥动着翅膀,仿佛定格一样,长时间悬在头顶放声歌唱;再看山坡上,牛儿羊儿宛如移动的棉絮和锦缎,悠然自得地啃食着草皮。而我们一群半大小子,鼓着衣兜、裤兜,一个个看似泥猴,一并排仰躺在那里,沐浴着温暖阳光,彼此开着玩笑,简直惬意极了。

挖老鸦蒜的铁棍和挖贝母的铁铲不一样，一个只需稍许扁平，一个则要像铲子，而且要配置带脚踏的把柄。因为贝母深藏于厚土，而老鸦蒜根须不深，稍加用力就能挖出，甚至有些时候找根木棒，砍一砍，削一削，呈放大的铅笔状，一挖再一撬，老鸦蒜就能到嘴里。如果仔细再分，老鸦蒜分两种，一种叶宽而平直，果实也大，吃起来甘甜；一种茎叶细而长，果实相对也小，俗称"驹俐胡子"，如同山羊胡须，味苦，据说有毒，我们从不敢轻易入口。

老鼠瓜叶脉趴在山坡上，覆盖着一大片，茎干一根一根，长长伸出去，上面布满尖利针刺。而叶子则呈扁圆形，一条浅绿色茎脉，线条清晰，将叶子一分为二。老鼠瓜开白色花，花瓣大而多，就像一群白色蝴蝶落在上面，色彩特别鲜明。等老鼠瓜结果，已经到了夏天，山上炎热异常，连石头都泛着黑色的油光。其实老鼠瓜喜欢沙石多的地方，过去我们芦草沟那里大炼钢铁，山上到处都是挖矿石遗留的沟槽，四周长满了老鼠瓜，坚硬的褐色沙石和鲜绿的草生植被，再一次形成强烈对比。

为什么叫老鼠瓜？或许是因为山上老鼠多，才起了这样一个名字，实际上山上除了又大又快的黄老鼠，还有如袋鼠般一跳一跳的跳鼠。山坡上土松的地方，老鼠洞一个连着一个，黑黢黢，阴森森，仿佛迷宫。特别是到了春天，山坡上四处堆起一堆又一堆新土堆，不用说都是老鼠的杰作。有一种叫作"点勾子"的山鸟，喜欢坐享其成，经常把黄老鼠废弃的鼠洞拿来当鸟巢，小时候我们拿烟熏黄老鼠玩，突然就从洞里跑出来一群"点勾子"，尾巴在地上一点一点地，出乎我们意料。

我们从来没有看到过老鼠瓜被老鼠啃食的场景，倒是经常碰到包括蜥蜴、蚂蚁在内的东西。特别是蜜蜂，嗡嗡地叫着飞进飞出，好像老鼠瓜专门为其生长，来去自如。老鼠瓜果实像橄榄，椭圆形，看上去就像是浓缩的小西瓜,碧绿色,有斑纹,成熟时像石榴一样裂开口子,到后期如同剥了皮的香蕉,瓜皮卷起来,裸露出全部瓜瓤。先是粉红色,再成通体大红,一粒粒细小的黑色果核,仿佛芝麻点缀其中,瓤是甜的,核却苦得要命,或许是这个缘故,老鼠瓜和骆驼蓬一样,其实都是名贵的中药材,只是以前不知道罢了。

小孩子嘴馋,啥都想尝一尝,自然对老鼠瓜也不放过,要么小心翼翼,专尝红沙瓤,而把黑核"呸呸"吐干净;要么囫囵吞枣,一股脑吞进胃,倒也感觉不出一丝苦味。要吃老鼠瓜必须掌握好时节,瓜不熟吃不成,瓜熟了虫子们却捷足先登,因而我们常常吃的都是"残羹剩菜"。一次从山上往下跑,因为碎石块导致自己脚底下刹不住"车",眼睁睁看着跌入老鼠瓜丛,恰好有几根瓜刺扎入光脚板,痛得我"哇哇"大叫,然而雪上加霜的是,不知谁高喊一声"蛇,蛇!"吓得我几乎魂都没了,回过头,连滚带爬一口气跑回家。

黄花秆长在渠边、地头,尤其是村上苜蓿地附近,一团一团、一片一片,有着层状细长翠绿的叶子,还有像吸管一样白净透明的茎干,上面的绒球蓬松如伞,放到嘴边轻轻一吹,仿佛天女散花,飞得满世界都是,因而学名又称蒲公英。黄花秆最初开黄花,像菊花。和兔子爱吃的奶子草一样,分为"甜"秆和"苦"秆两种。小时候我最喜欢吃甜黄花秆,弯下腰去一抓一大把,送到嘴里脆生生、甜丝丝,不但解渴,也能"哄"一下肚子。

后来看了电影《苦菜花》,我们就推测,苦菜花就是黄花秆带苦味的那一种。现在经常在早市看到的黄花秆,虽说土得掉渣,却被很多人视作保健佳品。都说良药苦口,在黄花秆上体现得特别充分,蒲公英植物体中含有蒲公英醇、蒲公英素、胆碱、有机酸、菊糖等多种健康营养成分,有利尿、缓泻、退黄疸、利胆等功效。蒲公英同时含有蛋白质、脂肪、碳水化合物、微量元素及维生素等，有丰富的营养价值，可生吃、炒食、做汤，是药食兼用的植物。

再则就是野蒜苗，也是多年生草本植物，和我们冬天栽在家里的蒜苗不但颜色不同，味道也有所区别。野蒜苗喜欢长在林子里，尤其是靠近溪流边的草丛，像韭菜一样一丛一丛地长出来，呈银灰色，锥体状，有棱有角，味道介于大蒜和韭菜之间，用来包饺子风味独特、余香满口；用来拌凉菜色泽鲜亮、提振食欲；即使是做最普通的家常汤饭，上面点缀一层野蒜苗，也是要颜色有颜色，要味道有味道，来一碗让你头上出汗，再来一碗心里舒坦。那些年的春天青黄不接，除去土豆，就是白菜，偶尔来一顿野蒜苗，算是生活的一大改善。

所以去年开春，我们几个人结伴，时隔几十年后再次回到芦草沟磨石嘴子，看到林木间野蒜苗一如当年铺了一层，仿佛猛然间回到孩童时代，一人抢占一块地方，一边躬下腰两手并用，一边此起彼伏轮番唱着当年的歌谣，全身心都放松了，几乎忘记我们都是六十开外的年岁，手舞足蹈，只为了一丛野蒜苗，乐陶陶忘乎所以了。

红葱、沙葱，都是野葱

　　新疆人大多口味偏重，喜欢酸辣，做饭炝锅、调味离不开葱、蒜和"皮牙子"(洋葱)。这里所说的葱，就是羊角葱。早些年菜窖储备冬菜，除了土豆、萝卜和白菜，还有就是羊角葱了。有些勤快的人家，春天买来葱秧子，打好葱沟，一沟一沟栽好，等长到指头粗，再壅土、浇头边水。沟有多深，水就浇多满，土地吃透水，葱就根深叶粗，到了秋天，特意留几沟不挖，来年春天青黄不接时，羊角一样的绿色葱苗齐刷刷冒尖，拿铁锨挖几棵回来，炒鸡蛋或者揪面片时往里调一些葱花，味道就大不一样了。

　　洋葱，新疆人称其为"皮牙子"，做饭、烤馕和清炖羊肉，离开了皮牙子根本不行。皮牙子有红、白两种颜色，呈圆形，先甜后辣，刺激人的味蕾，增强人的食欲。刚出炉的热馕，因为有了抹在上面的那一层"葱花"，所以闻着香，吃着美。而羊肉和皮牙子更是绝好的搭配，就像山东的煎饼卷大葱，是真正意义上的地域特色。

我所说的红葱和沙葱，都是野葱，一个生长在山林，一个根植于原野，均属多年生草本植物。红葱和羊角葱最大的区别在于颜色，羊角葱的葱白部分由外至里均为白色，而红葱外面则包了一层红皮，其实也不是纯粹的红色，而是黄中透红，远远看上去有些发红，顾名思义叫红葱。沙葱是一丛一丛的，若雨水好长势便旺，绿油油的一片。一般都在冰雪融化之后的开春破土而出，先是像一根根细小的绿色针头露出新芽，继而"野火"一样四处蔓延，到了大面积生长期，放眼望去，就仿佛荒滩上铺了一张张毯子，绿茸茸、翠莹莹，充满生机。

特别是在天山深处，当你被头顶上的一株株红葱所吸引，一而再、再而三地向上攀爬，最终能收获不少红葱。红葱一般生长在半山腰石头缝比较多的地方，这里一株，那里一株，零零散散，没有规律，必须挖一株挪一个地方。上山的时候心思都在找红葱上，而且因为是间歇性劳作，不觉得有多累，体会不到山有多高和多陡。都说上山容易下山难，一点不假，等满载而归准备下山时，才发现自己已经判断不出到底从哪儿上的山。树木大抵长在山阴面，而红葱则喜欢山的阳坡，下山时用于攀附的支撑物少，脚底下风化碎石如流沙一样，一不小心就会让人滑倒，滚下山去。所以大人告诉我们上山要头朝前倾、弓着腰，下山要身子后仰、弯着腿，走"S"形，虽然花费的时间长一些，但至少相对保证安全。

实际上大人从来没有指使过我们上山挖红葱，只是听住在石人沟沟口的班上同学讲红葱味道好，比羊角葱不知强上多少倍，特别是吃一顿葱爆肉拉条子(拌面)，倒一点醋，再就几瓣蒜，真是吃了上顿想下顿，攒劲得很。这些家伙说的时候绘声绘色,唾沫星子乱飞,明显带有显摆的意思。我们几个小伙伴就嘴馋得直流哈喇子(口水),于是偷偷相约着,凑个星期天上山挖红葱。从我们村到石人沟沟口有十来公里,从山沟口再到大石头沟一带,也就是班上同学炫耀挖红葱的地方,还有三四公里。我们几个上山挖红葱,还不想让住在沟口的那几个"丧眼鬼"(招眼)同学知道,快到山沟口的时候,我们就绕着弯子,避过他们的视野,多跑一两公里冤枉路,总算到达目的地。一个个气喘吁吁、汗流浃背,小小脸蛋被太阳晒得红彤彤的,关键是肚子饿得够呛,咕咕直响,只得把揣在怀里的半个干馕,就着流淌的泉水,风卷残云般提前吃光了。

在自家屋后的小山梁挖"老鸦蒜"不在话下,到了大石头沟挖红葱,就不那么容易了。一是要时时提防牧民的家犬,只要有一条发出叫声,四五条就围过来,外围的狗围成一个圈,里面的我们也围成一个圈,生怕有人被狗拽了、扯了,最终咬上一口,吃不了兜着走。二是山高路陡脚底滑,一边担心头上往下掉石块,砸在身上受了伤;一边又怕光顾着低头挖红葱,却忘了保持重心,一个趔趄滚了沟。三是路途远,提前吃完了干粮,加之好挖的红葱都让附近的那几个家伙挖完了,再跑出去一截路,就只能摸黑往回赶了。不管怎么样,红葱还是挖到了,和羊角葱比起来,味道确实好一些,自己付出了劳动,收获可能就是多方面的。

沙葱以前随便采,拿回家拣一拣,焯一下拌成凉菜,清爽、脆口、新鲜,成了城里人餐桌上的一道美味,或者切碎和羊肉一起拌馅包饺子,也是别有一番滋味。而我始终认为沙葱菜盒子最可口,特别是那种用死面做成的沙葱菜盒子,用平底铁锅转着圈慢慢烙熟,再一分为二,虽说烫手又烫嘴,可那吃起来要不住地"噗噗"吹凉气的贪吃场景,至今难以忘怀。

送你一束沙枣花

沙枣树和榆树、白杨树一样，是我们小时候见得最多的三个树种。榆树根深叶茂、树冠若伞，不但遮阴，也能养人，尤其到了树上结满榆钱，捋下来掺和面粉蒸着吃，别有风味。白杨树又叫窜天杨，寓意生长速度快，像猴子上树一样往上蹿，能防风，也能当盖房用的椽子。而我所要说的沙枣树，看似普通，实则贵重，一如戈壁荒滩的红柳和梭梭，耐盐碱、抗干旱、浑身是宝、价值很高。

记得小时候沙枣树花开时节，村上的孩子不分男女，一起聚拢到沙枣树下。男孩子脱了鞋子，撅着屁股，像猴子一样手脚并用往树上爬，瞅准一个花开最艳的大树枝，嘴里一边喊着"别过来，这是我先占的地方"，一边骑在树枝上。折几根小枝条，先送到鼻子跟前，闭着眼睛闻一闻，随后找个空当往下一松手，小树枝就像一把小伞一样飘落下去。

女孩子先是仰着头，遮着眼，一边像麻雀一样"叽叽喳喳"嚷嚷，一边指手画脚指挥，生怕最好的一枝让别人抢了先。因为这时候她们都不会空手而来，一人手中拿一个瓶子，不管是长的圆的，新的旧的，一律干净得一尘不染。由于注意力都在树上，一不小心就会互相撞个满怀，早已盛满水的瓶子一晃荡，水便洒了出来。于是就赶紧往泉眼边跑，"咕嘟咕嘟"灌满，重新回到沙枣树下，朝着树上男孩子就喊："咋还不往下扔撒，朝上望得我脖子都酸了！"

男孩子往下扔树枝的时候，不约而同都要喊一声"我扔了，快闪开！"而女孩就自然躲闪到一旁。沙枣花香气诱人，可也浑身长满尖刺，被扎一下会疼得受不了。和男孩子一样，女孩子得到树枝，也要照例先闻一闻，再瞅一瞅，然后才开始彼此攀比，这个说我的花多，那个说她的花艳，如果走到半路觉得不理想，还要男孩子再一次爬到树上，直到女孩子满意为止。女孩子天生热爱花花草草，虽说当时家境大多贫寒，却无一例外窗明几净。冬天窗台上摆几盘蒜苗，是一道风景，也是一道精美的菜，而到了春天，女孩子们就喜欢将沙枣花插进瓶子里，三五天换一次，家里始终香气不断、温馨无比。

沙枣树开花在五六月份，花一开，树上黄灿灿一片，四野香气飘荡，从鼻腔、口腔吸进去，似乎五脏六腑都被醺然，有一种短暂的醉意和超然。沙枣树有大有小，大的好像楼房一样高，枝杈也很多，抬头望一眼，头上的帽子就掉到地上。小的脚下踩个凳子，就能够得到树上的花枝。那些年村上植树造林，道路边栽了两排沙枣树，就属这种相对小的树种。坐在马车上穿行其间，看着头顶上花团锦簇，浓烈绽放，仿佛满树披戴黄金甲，光彩夺目。似乎空气里喷洒了芳香剂，被风一吹，立时四处弥漫开来，整个沟谷都成了一片香海。赶马车的车把式陶醉其中,触景生情,漫上一曲悠扬动听的"花儿",让一车人心里都痒痒。

我们村曾经有过两棵古老的沙枣树,据老人们讲,他们小的时候树就已存在,可见树龄很长。一棵长在村部大院子旁,一棵位于去往旱地梁的涝坝附近。大院子旁的这一棵,因被圈进私家菜园子,被人看得紧,花开只能闻其香,结果只能望止渴,干着急,没办法。

旱地梁跟前那一棵,就成了我们这些捣蛋鬼经常光顾的理想场所,除去花开折树枝,还有掏鸟蛋、吃沙枣等很多内容。那时候村上人少,生态也好,山上有野兔子、呱呱鸡和狐狸。有一次,我们去山上追野兔子,围追堵截中野兔子无路可逃,钻进石板窝子,可我们找了一天一夜也没有找到,就一致认为野兔子挖了一条暗道逃走了。经常还能看见狐狸钻进麦田,叼一只鸡就像风一样不见了踪影。特别是有一个蝙蝠洞,顶壁上密密麻麻吊着一层蝙蝠,吱吱叫个不停,我们猫着腰钻进去,蝙蝠随时都有可能掉在我们身上,吓得人浑身打颤。

而树上都有鸟窝,斑鸠的、喜鹊的,甚至还有猫头鹰的。有一种叫"大头郎"的鸟,学名伯劳,通体以灰褐色为主,翅及尾呈黑色,尾外侧羽毛则呈鲜白色,眼睛周围一圈又有明显黑色。"大头郎"生性凶猛、机智,善捕食鼠类、蜥蜴以及小型鸟类等,吃不了的猎物就插在树刺上储存起来。即便像鸽鹞子这样的猛禽也不惧怕,只要感觉鸟巢和雏鸟受到威胁,它舍生忘死也要迎上去猛追猛啄。

"大头郎"把鸟巢筑在沙枣树最高的树枝上,我们攀爬了几次都没有成功,一是树枝太细,尖刺太多,即使拿一根木棍子也够不着。二是尽管头上蒙了衣服,"大头郎"依旧不依不饶,一次又一次进行突然袭击,搞得我们手忙脚乱,担惊受怕,最终以失败告终。有孩子就说,什么鸟蛋都见过,唯独"大头郎"的鸟巢不得靠近,这哪里是"大头郎",明明就是"大头狼"么。

沙枣树的树干呈褐红色,树叶则是银灰色,长长的,扁扁的,像一叶扁舟,中间有一条明显的白色竖道。沙枣花含苞待放的时候,像一把合起来的小绿伞,直立着。花一旦开放,一簇簇、一排排、一团团,呈鲜黄色,分四瓣,花蕊自下而上,由豆芽一样的白嫩、晶莹,转换为灯笼般的紫红、精巧。古人以"忽如一夜春风来,千树万树梨花开"比喻冬天的雪凇美色,我则用"香薰飞鸟醉朦胧,色迷路人误行程"形容沙枣花开的春日奇景。

花季过后开始孕育沙枣果实,先是一粒小绿豆,而后一如沙枣树叶,呈现一层银白色,指甲盖一样大小,青涩、粘舌头,难以吞咽,有一枚扁形枣核,牙口好的人嚼着能感受到丁点枣仁的滋味,有甜也有苦。到了成熟季节,像葡萄一样垂挂着,似一粒粒黑豆,只有根部少许银白,看着诱人,吃着甘甜。我们如饥似渴,一股脑爬到沙枣树上,一边揪着吃,一边往衣兜里装,然而物极必反,沙枣吃的多了,沙枣又由甜变涩,最后连唾沫都咽不下去。

沙枣树毕竟有着巨大诱惑力,到后来就连村部大院子旁、私家菜园子的那棵沙枣树都不能幸免。有一天,我们一群男孩子无聊至极,就开始玩打髀石游戏,有个叫哈山的孩子因为输完了羊髀石,就想向赢家借了再玩,结果赢家不答应,赢家说"除非爬上那棵沙枣树,揪一把沙枣给他吃才行。"哈山就蹑手蹑脚,屏住呼吸,趁主人不备时,像猴子一样爬到了树上。殊不知那家大人,也就是我们平常都叫"老赛哥"的赛普勒,提着一根棍子随后也爬到了树上。"哈山,老赛哥,哈山,老赛哥!"我们看到此景,立即齐声朝树上喊,意思是让哈山藏在树上不要出声。

老赛哥是一位双目失明的老者,但他不仅劲大能爬树,耳朵也出奇的灵敏,一边拿着棍子敲敲打打,一边像"北斗卫星"一样迅速定位,眨眼工夫就爬到了哈山藏身的树枝旁。哈山急中生智往下溜,"老赛哥"拿棍子顺藤摸瓜地打,仿佛一老一小两只壁虎,围着树干躲猫猫。狐狸再狡猾,也斗不过好猎手,哈山最后无路可逃,只好硬着头皮,从沙枣树上跳了下来。

沙枣树还产树胶,尤其是树龄高的沙枣树,到了夏天就分泌一种胶状液体,褐红色,黏糊糊的。就有女人采了拿回家去,掺上清水梳头,先是黑亮黑亮,然后就像发胶一样让头发固定下来,即使刮大风也不变形。就像奥斯曼染眉一样,沙枣树胶很早就被人们利用了。当然,沙枣还有药用价值,包括树叶、花卉、果实都能入药,不失为一种珍贵树种。

紫花苜蓿

　　早先二大队坟园弯子一带，是村上最大的饲草基地，一块块长方形条田，生长着清一色苜蓿。苜蓿是多年生草本开花植物，只要浇水跟上趟，长势就很旺盛，绿幽幽、齐刷刷的一片，小孩子钻进去，就会被没过头顶。

　　苜蓿地被四周林木分开，以榆树为主，还有沙枣和杨树，站在远处山上看，仿佛毯子勾了边，形成一个个绿格子像棋盘一样，好看得很。

　　印象中除了冬天，其他三个季节我们都喜欢往苜蓿地跑。冰雪消融，万物复苏，等第一缕春风从大地上吹过，一棵棵绿色幼苗，就像探春的使者，争先恐后地破土而出，一时间，满眼皆是鲜嫩的苜蓿芽。正值青黄不接，苜蓿芽成了调剂口味的首选，拌凉菜或者蒸包子，味道都不错。我经常手提着母亲缝制的毛巾口袋，像蜻蜓点水一样，从这块地蹿到那块地，不为别的，就为"掐尖"。

苜蓿芽时令性极强，仿佛像电打的一样疯长，昨天看着一丛丛、一团团，第二天再去早已连成一片，必须挑嫩芽掐才行，因而又叫"掐苜蓿芽"。我最喜欢吃苜蓿芽"曲曲"和"盒子"，一个"小巧玲珑"，回味无穷；一个大而厚实，吃着有劲。

苜蓿开花的时候，紫莹莹一片，蜂呀蝶的上下翻飞，吸引我的不是花香和蜂蝶，而是此起彼伏的"鸟语"。先是一种"咕咕呱"的声音，像磁铁一样拴着人的耳朵，感觉触手可及，屏住呼吸，一个箭步跨过去，除了踩倒一片苜蓿，一无所获。"咕咕呱、咕咕呱"，片刻工夫，声音又在不远处响起。如法炮制追过去，依旧扑个空。正午时分，烈日高悬，暑气逼人，苜蓿地一波又一波的热浪扑面而来，想捉鸟不得手，想回去又不忍心，口干舌燥、进退两难。

实际上这是鹌鹑的叫声，为了分散人的注意力，躲在暗处，用叫声"声东击西"，以达到保护幼雏的目的。不过有一点，我一直没有搞明白，苜蓿茂盛、密不透风，鹌鹑如何能在不飞起来的情况下，任意穿梭、来去自如呢？况且声音刚在前方，转眼又到了身后，仿佛捉迷藏一样，似乎有超声功能。

还有一种鸟，也很容易给人造成假象，不过不是用叫声，而是通过"肢体动作"，吸引人渐行渐远，让幼雏脱离危险。这种鸟我们叫"穿树林"，顾名思义这种鸟的活动范围就在树林之间。一开始通过拍打翅膀，引起人注意，随之好像受了伤，从树枝"掉落"到地上，一边继续拍打翅膀，一边似乎艰难前行。于是我们的目光就盯在地上"痛苦挣扎"的"伤鸟"身上，总以为是囊中探物，手一伸就能抓到，可是当你扑过去的一刹那，"伤鸟"则

"嗖"的一下飞走了。

然而飞走的鸟却把握着分寸，离你不远不近，等你发现它，它又重新按固定套路表演一番。当时年龄小，总想着"桑葚熟，掉进口"的美事，遂又跟头绊子紧追不舍，到头来鸟没抓着不说，连鸟窝的方位也不记得了。

有一天，我在树林里游荡，突然发现一件稀奇事，一个很小的鸟巢里却卧着一只很大的"幼雏"。"幼雏"全身布满斑点，喙很尖，嘴角都是黄色，长长的尾巴露在鸟巢以外。第一次碰到这种情况，不知如何是好，只能躲在一旁看个究竟。不曾想"幼雏"的父母是一对平常的小鸟，你来我往，轮番喂食，丝毫没有疲倦的样子。平常看到的大多是一只鸟捉一只虫子，而这对鸟回到鸟巢时，嘴上却衔着一排虫子。尽管如此，还是不能填饱"幼雏"的肚子，嘴一张，嗷嗷待哺，就跟无底洞似的，"幼雏"的父母从早到晚，没有安歇的时候。后来在书本上学到"鸠占鹊巢"一词，觉得世界无奇不有，就跟我们做生意"借鸡生蛋"一样，说到底是一种求生的本能。

到了秋天，第二茬苜蓿也被拉走了，就把自家的羊群赶到苜蓿地，一边放羊，一边拾一些干柴。干柴大部分背回家，剩下一些，用来烤洋芋。那些年村上种洋芋，"五一"种，"十一"收，因为洋芋地毗邻苜蓿地，孩子们明确分工，有的看羊群，有的修炉灶，有的去捡洋芋。

所谓炉灶，就是原地简单挖一个圆坑，留出风门，随后找些大小不一的土坷垃，垒一个呈金字塔状的土窑。等火将土坷垃烧得颜色发白，封死风门，从塔顶捣一豁口，将洋芋扔进去，最后打碎土坷垃，埋上土，等着享用。

洋芋个头不能太大，否则烧不熟，太小了也不行，容易烧焦。最好是拳头大小，一坑子烧出20来个，远远闻着都香。只是洋芋太烫手，捧在手上需要不停地倒手，吃进嘴里，烧在心上，一个个灰头土脸的，邋遢的很。

农民靠土地生存,农民的孩子自然会在土地上做文章,最典型的就是拾麦穗。按理说当时村上地多人少,填饱肚子不是问题,可偏偏广种薄收,让人在吃的方面伤透脑筋。麦地分水地和旱地,水地就在村庄周围,饿了渴了,一趟子跑回家就完事。旱地就不同,前不着村后不着店,只能早出晚归。都说"娃娃没腰",可拾一天麦穗,腰还真的酸疼酸疼的。

高高的山梁看不到一棵树,太阳好像一个火球,明晃晃在头顶烤着,连一个遮阴的地方都找不到,就盼着马车能早点到来。挂马车时,需要车户和跟车两个人,车户在车上码麦垛,跟车的用铁叉挑麦捆,麦垛码得越高,阴凉就越多。这阴凉仿佛是一根救命稻草,能让我们暂时躲避太阳的暴晒,一边喝茶水,一边啃干馍,积攒着力量。

旱地的麦子长不高,麦穗也很小,拾一个上午也装不满一个面口袋,有的孩子就开始想歪点子,趁人不备抽麦捆。不过不能在一个麦捆上抽麦穗,那样疑点多,容易被人顺藤摸瓜,逮个正着。水地的麦穗子,年景好了可以长到一搾长,特别是那些坑洼地,存水时间长,麦子长势旺,拾起来很过瘾。

拾麦穗分两种情况,或给家里拾,或上交村上。给家里拾的时候,只把麦穗头装进口袋,先用手压,后用脚踩,觉得瓷实了才行,有时用力过猛,口袋都撑破了。给村里上交的麦子,麦穗连着秸秆,外表看是一袋子,提溜着也够分量,但内容有着本质区别。当时一公斤按一毛钱计算,一个学期下来,也能攒个10多块,除去交学费、买双鞋子,还能补贴家用。

为了防潮,割完麦子,就将麦捆立在一起,于是就成了老鼠藏身之地。只要看到马车拉麦捆,我们就跟在挑捆车的后面,一铁叉下去,就有老鼠从麦捆下面蹿出来,我们嗷嗷叫着就追,老鼠魂飞魄散,慌不择路,一不小心就往人的裤腿钻,如果是个女孩子,反被老鼠吓得哇哇乱叫。

麦子收完了，羊也放过了，接着开始犁地和浇地。犁铧翻过的土地，经太阳暴晒，可以增加地力，农村叫歇地。当时村上有若干专业小组，包括杂工组、妇女组、浇水组和犁地组等，犁地组全是壮劳力，赶着牛、扛着犁，哼着小调，打着响鞭就来了。

刚浇过的土地，墒情很好，犁地队伍鱼贯而行，牛在前面优哉游哉拉着犁，人在后面"得球、得球"吆喝着，黑黝黝的泥土像波浪一样向后翻涌，一会儿工夫，一大片土地就变了颜色。

不知从哪里飞来一群鸟，"呼啦啦"地落在翻过的土地上，从一块土坷垃跳到另一块土坷垃，仿佛过节一样，"叽叽喳喳"地叫个不停。麦田始终是虫子的乐园，油蚂蚱像天女散花一样乱蹦乱跳，蚯蚓像红线绳一样一截一截地蠕动，还有许多叫不上名的虫子，都在竭尽能力地做最后的逃亡，但一切都似乎躲不过鸟儿尖利的喙，因为这是鸟儿们一年一度的盛宴。

寻 味 时 光

曾经有过那么一段岁月,即便是以农村种地为生的庄户人,要想吃饱自己的肚子,也不是那么容易的事情。就以我们家为例,通常情况下,早餐是玉米面糊糊就咸菜,中午是干馕配炒菜,晚饭则是煮洋芋和糖萝卜。而且是杂粮多,细粮少,所谓炒菜也是象征性的多以土豆、白菜为主,但菜量还很少。于是盼着家里能来客人,这样才能改善一下生活。

然而我们这些孩子总会想一些办法来弥补肚子的亏空,虽说填不满胃,但也不让嘴闲着,挖空心思在一个"吃"字上下功夫。于是把目光盯在田边地头、屋后的山梁,甚至一棵棵生长的树上。田边地头长满了杂草,有牛羊喜欢的,也有我们钟爱的,季节不同,种类也就不一样。比如野薄荷、蒜苗子、刚出土的苜蓿芽,那可是当年农村人家不可或缺的"意外收获"。拌凉菜、做盒子和包饺子,味道就是不一样。春天"老鸦蒜",夏天"老鼠瓜",如果走远一点,还有沙葱、红葱和地皮,名字看上去土里土气,却让我们贫困的生活有了一点鲜美的滋味。而榆树和沙枣树,一个长榆钱,一个结满黑色的果实,不要说过去那个年代,就是当今这个无所不有的崭新时代,人们依旧把它们当成求之不得的稀罕物,除了口感好、富含营养,还有就是其中不乏一些珍贵的医药价值。

在我们芦草沟那里,一律把苦苦菜叫作"黄花杆",顾名思义开黄花,带杆子。黄花杆为多年生草本植物,有宿根。渠边、地头和草滩上都随处可见,叶子扁长,有锯齿,中间一道白痕将绿叶一分为二,先开花,后长茎,花属菊科,黄灿灿、鲜艳艳,置身绿草丛中,远远望去一片金黄,就像向日葵的袖珍品,极其诱人。茎秆一拃来长,其色有深有浅,味道有苦有甜。我就发现,生长在水渠边,或者草滩坑洼处,黄花杆大多味道甘甜,而处于干旱之地的黄花杆,其味就发苦。辨别的方法是,叶子发绿且不带卷的大抵为甜的,叶子浅绿而又自带卷的,很有可能就是真正的苦苦菜,带苦味。

那时候我们这些孩子,对黄花杆的叶子根本不感兴趣,心思都在茎秆上。尤其是放学回家的路上,都要在半道磨蹭一阵,到渠边和地头找黄花杆吃。黄花杆两头一掐,只剩茎秆,空心、透明、甜嫩,放进嘴里,一嚼便能发出"咯吱、咯吱"的脆响,一人手里捏着一把黄花杆,一边走一边吃,心里可舒坦了。觉得嘴里渴了,就一起趴到渠边,将黄花杆当吸管,有滋有味吸水喝。到了黄花杆上的花开败时节,就变成一个个白色的蒲公英,掐了杆子放到嘴边一吹,仿佛一个个小小的降落伞,随风飘动飞向远方。我们就经常比赛,看谁的"降落伞"飞的最远,赢得了比赛,第二天到学校就有了炫耀的资本。

实际上黄花秆最好的地方,是叶子。尤其是苦涩的那一种黄花秆,富含胡萝卜素、维生素C、钾、磷和铁等多种元素,具有清凉解毒、破瘀活血等功效,看似很普通,实则不平凡。

而奶子草,是老百姓的一个俗称,实际就是野笋子。这种植物也分两种,一种甜脆,一种味苦。之所以叫作"奶子草",就是因为撇折茎秆之后能从中分泌一种白色汁液,就取了这样一个形象化的名字。和黄花秆一样,奶子草也是多年生草本植物,茎秆和人的指头一般粗,高的能长到半米来长,它的叶子也比较长,同样带有锯齿,而且茎秆上附有毛刺。长老的时候,牛羊都不再问津了,我们也懒得再去拔它,看来是奶子草自我保护的一个最有效办法。

所以,奶子草要趁着鲜嫩之际多吃、快吃。最喜欢吃奶子草的,一个是兔子,一个是山羊。小时候我养着一圈兔子,几乎每天早晚要拔两次奶子草,上午拔的给兔子吃,黄昏拔的给山羊吃。奶子草扔到兔圈,几只兔子一下子就围成一个圈,两只长耳向后奔拉着,两只前爪凑在一起,抓一把草叶子送进口中,露出门牙"咯吱咯吱"吃着香甜、舒心。尤其是那只白兔子,两只红红的眼睛,一身状如白絮的绒毛,津津有味的吃相,让人记忆犹新。而我家的奶山羊,每年都产一两只小羊羔,因为人和小山羊都需要奶吃,我自然而然地就想要多拔一些奶子草,山羊多吃奶子草,产奶量肯定就多了。

不但牲畜爱吃奶子草,我们这些孩子也爱吃,特别是甜秆奶子草,叶子鲜绿鲜绿,茎秆绿中泛白,生长到筷子长、指头粗的时候,最青嫩,也最可口。从底部撇断奶子草,掐头去尾,除去叶子,不慌不忙撕去外皮,一截一截塞进嘴里,脆生生、甜嫩嫩,不但生津止渴,也能让胃中有了一点充饥物,何乐而不为。

有两件事令我至今难忘。一件事发生在我们家自留地边的毛渠，那里青草长势旺盛，其中就有奶子草，一片一片的，非常显眼，也很诱人。我舍不得去拔，心想着要留到最需要的时候。然而不知被谁捷足先登，趁我们不注意拔去了不少，问谁谁都不承认，我就怀疑是邻居家孩子"黄头"哈山所为，甚至偷偷摸溜到他家羊圈去"取证"，然而却没有一点奶子草的痕迹，一无所获，扑了个空。但我的心里总是有一个疙瘩，导致好长时间都不跟哈山说一句话，最后我干脆气冲冲跑到地头，自己把剩余的奶子草一棵不留的全都拔了。还有一件事，有一次和几个伙伴在渠边拔奶子草，不知谁突然喊了一声"蛇"，我们吓得魂飞魄散，像皮球一样"腾"地从地上弹起来，大家立马作鸟兽散。其中一个孩子慌不择路，要从渠上跳过去，不曾想一下子掉进了水渠里，成了落汤鸡，爬又爬不上来，就声嘶力竭喊"救命"，幸亏地里干活的大人来帮忙，才免遭一场意外。

榆钱一般在春天生长，先是榆树枝条上盛开一个个纽扣般大小的紫色花蕊，随后榆钱蓬勃而出，一簇簇、一串串，不几日满树皆是鲜绿繁茂的榆钱子，就像钱币一样，充满一种春天的诱惑。早先我们家在芦草沟杨家庄子住的时候，渠边全是高大的榆树，枝繁叶茂，树冠若伞，春天爬上去摘榆钱子，夏天上树捋树叶子，榆钱子我们享用，树叶子给羊吃，两不耽误。

榆钱可以直接生吃，也可以和面掺在一起蒸着吃，俗称"琼琼子"。孩子们一般喜欢直接上树吃生榆钱，找一个合适的位置，一个人骑在一段树干上，一边说说笑笑，一边随手折过一根树枝，或摘一把吃一口，或干脆把嘴凑上去，直接从树枝上一口一口吃榆钱子，随心所欲，简捷方便。等过足了嘴瘾，这才顺手拿过事先带上来的小筐，一把一把揪榆钱，看着筐里装的榆钱差不多够全家吃一顿了，这才心满意足地下到地面上，帮着大人清理干净，蒸"琼琼"子吃。打上糊糊，就上咸菜，吃上一顿热气腾腾的"琼琼"子,也算是改善生活。

以前我们村上有很多耐旱的沙枣树,尤其是大涝坝一带,有好几棵必须抬头才能望到顶。沙枣树的树干呈深褐色,粗粝且干燥,枝条有尖刺,一不小心就会被划伤。沙枣树叶子小,呈银灰色,开黄花,花朵很小,然而一旦开花,便香气四溢,芳馨无比,简直就是满树尽披黄金甲,随风飘拂香传四野。这是姑娘的最爱,让男孩子帮忙折一束带回家,插在水瓶里,放在窗台上,芳香弥漫,回味无穷。

沙枣树的果实,有黄也有黑,南疆产黄色沙枣,如指头蛋子大小,外黄里白,口感有点甜,也有点绵,而且还有一种香味,晾晒透了,算作干果的一种。北疆多为黑色果实,椭圆形,稍显小,先是青绿,后变黑,青的口感发涩,黑的阶段甜美,一串一串细小的果实像葡萄一样吊在树枝上,不要说吃了,看着就很诱人。即便树刺再多,也难不倒我们这些"属猴子"的调皮机灵鬼,神不知鬼不觉,三下五除二爬到树上,想怎么吃就怎么吃,直到把嘴吃成一个黑圈,地上吐了不少枣核,这才懒洋洋、慢腾腾下树回家。当然,每个人口袋都不会空着,要么带回家给家人尝个鲜,要么悄悄抓一把送给心仪的女生,心里那就更爽、更美了,晚上做梦都乐呵呵的。

田边地头寻常物

　　小时候因为放羊的缘故，我的行动轨迹不是在山上，就是在草滩，偶尔也会冒一点风险，直接把羊群赶至田边地头。有过乡村生活经历的人都知道，田边地头都有或大或小一条引水渠，被滋润的土壤给杂草生长提供了天然条件。芦苇、薄荷芽和艾蒿等草本植物，错落有致，层次分明，长势旺盛，远远望去绿油油一片。对羊群来说这是一种难以抵御的诱惑，尤其是贴着地皮一簇一簇生长的"扯扯秧"、脆生生滴淌白汁的"奶子草"，羊见了就走不动了。三五只羊还好说，数量一多，放羊娃就很难控制，糟蹋了渠两边的庄稼，那可不是闹着玩的。

　　从山上朝下望，水渠就像一条绿色的草沟，把庄稼地拦腰隔开。在庄稼与水渠之间，往往留有一些过渡地带，就是我们俗称的田边地头。这些地方地势高,浇不上水,利用价值小,庄户人往往就撂荒了。虽然撂荒,却不是那种不毛之地,一些耐旱的植物在此生长,最常见的就是苦豆子。苦豆子属于豆科植物,多年生,呈灰绿色,和渠边深绿色的水草形成鲜明的对比。关键是因为一个"苦"字,让羊群熟视无睹,踩踏而过。正是由于"苦"的原因,让这里自然形成一个小小的缓冲地带,在羊群还未进入庄稼地之前,便于放羊娃捷足先登,保护庄稼地不受损害。

苦豆子枝多呈帚状,花密生,顶端有短三角状萼齿,花冠呈蝶形,呈黄色。荚果串珠状,种子为淡黄色,卵形。尤其到了荚果成熟之时,几乎看不到叶子,一串一串全是扁豆一样的果实,非常招眼,却无人敢尝上一口,除了味苦,还有就是怕中毒。因为打小就听大人们絮叨,"苦豆子有毒,不小心咽进肚子里,后悔都来不及"。所以老百姓形容谁家孩子命苦,就以"苦豆子地里生的"来比喻,足见其苦滋味留给人的印象有多深。

虽说羊不吃、人怕苦,但并不等于苦豆子就白白生长。就像骆驼蓬、麻黄草和老鼠瓜等野生植物,看似平常,却很珍贵,日常生活不可或缺。农村有一句谚语"庄稼一枝花,全靠肥当家",说明肥料的重要性,所以苦豆子驱虫灭菌的作用,也受到庄户人打心眼里的认可。有一个最典型的事例,那时生产队种西瓜,经常看到看瓜老汉把一捆一捆的苦豆子抱到瓜地,然后一撮一撮埋在瓜沟里,西瓜因此很少有病虫害,且有利于增加瓜的糖分,真正的"吃一口甜掉牙"。洋芋地容易生长虫子,俗名"地老虎",白白胖胖的和人的指头一样粗大,对洋芋的侵害非常严重,如果把苦豆子割来,给洋芋打沟壅土时埋进去,效果就很好。

当然也有给羊角葱使用苦豆子的,也是壅土时把苦豆子埋进去。我就干过这样的事情,拿一把镰刀,去地头把苦豆子割了,一边给羊角葱壅土，一边把苦豆子埋到土里。等到秋天挖葱时，葱白会很长，也没有病虫害。后来发现村上的索大妈熬了苦豆子汤喝，才知道苦豆子还能治胃病和胀气，在那个缺医少药的年代，也只能靠一些土办法消除疾患。如今科学发达了，苦豆子的药用价值被真正挖掘出来了，除了治疗胃病，苦豆子还对治疗急性痢疾、疥疮、湿疹和妇科病都有功效，真是"良药苦口利于病"呢。

和苦豆子在一起混生的还有甘草，顾名思义味道甜，所以乡下俗称"甜草根"。两种草一苦一甜，苦的草让羊都懒得理睬，甜的草却是孩子们的最爱。如此反差之大的两种草却生长在一起，或是相互催生，或是彼此依赖，必有其中的奥妙。

野薄荷，走到渠边腰一躬，手一掐，水一冲，就可放进嘴里嚼了，既提精神，还能让口腔保持清香。野笋子，甜脆、解渴，一边走路，一边顺手就撅了，举手之劳的事情。然而甜草根就不一样，享用的部分不再是茎秆和叶子，而是埋在土壤里的根部，这就费事多了。甜草根也属于豆科，多年生草本植物，表面呈红棕色或灰棕色。根茎呈圆柱形，表面有芽痕，断面中部有髓，开紫色花。喜热、耐旱、抗盐碱，是甜草根的一大特点。既然叫甜草根，有用的地方无疑就在根部了，靠镰刀不能解决问题，只有挖或者拔了。放羊娃年龄都小，不可能随时肩上扛个铁锨，就只能靠两只手用力去拔。根深且长得非常牢固，加之土地浇水少，变得异常干硬，不使出吃奶的劲，甜草根拔不出来。我们两脚叉开，蹬上力，两只小手握住甜草根的茎秆，憋足一口气用劲开始拔。有时来回一两次就拔出来了，有时眼看着土松了，根部被拽出一截，仿佛地下有人跟你较劲一样，僵持在那里不往上走，手被勒得生痛，脸涨得通红，甜草根就是拔不出来，把人急的就像热锅上的蚂蚁，团团转，欲速则不达。

关键是甜草根的根系发达，柔韧性太强，轻易拉不断，费劲还拔不出。但活人岂能让尿憋死，就地就近想办法。要么请大一点的伙伴帮忙，只要嘴甜一点，答应有了好吃的、好玩的，一定不会忘了伙伴的好处。要么干脆不求人，自己到树林子找根木棍，用小刀子削尖了，蹲在地上一点一点往下挖，到头来功夫不负有心人，甜草根就手到擒来了。拔出来的甜草根外形就像一截藤条，深褐色，有层外包皮，一段一段地撕开，露出白黄色的甜草根，急忙塞进口中，有滋有味地嚼起来。先是有点苦涩，接着又是回味的甘甜，再到后来就有些齁甜了，甚至让人恶心。嘴角黑乎乎，手上脏兮兮，心里却美滋滋，这就是甜草根带给我们的快乐和难忘的记忆。

然而凡事不能过度，就像拔甜草根吃，一定要有一个量，否则就有适得其反的结果。有一个大热天，我们几个人跑到田边地头，比赛看谁挖得多，嚼得快。于是大家齐刷刷蹲在那里挖呀，拔呀，嚼呀，过了没多久，一个家伙鼻子开始流血了，大家没当一回事，那家伙跑到水渠洗一洗就了事了。过了一阵，又有一个伙伴流鼻血了，同样洗洗完事。直到第三个人先是鼻子淌血，然后一头栽倒在地上，这时大家才发现情况不妙，赶紧放声向大人求救。幸亏有人在不远的树底下乘凉，这才避免发生严重的后果。有了这次教训，我们才知道天热时会中暑，甜草根吃多了也会流鼻血。等我们长大了，才明白甜草根原本就是一个好东西，药用功效特别突出，尤其甘草片这种药物，听得最多，用得也最普遍。当然甜草根还能用于治疗心气虚、心悸怔忡、倦态乏力，以及咽喉肿痛、胃痛等，用途很广泛。最近看了介绍青海省非物质文化遗产项目撒拉族食醋酿造技艺的电视片，配料当中就有甜草根，于是联想到早年村上请来酿醋的师傅，就是一个撒拉族婶婶，醋的味道那样好，原来还有甜草根的功劳。

小的时候，村上有很多沙枣树，尤其去往大涝坝一带的山脚下，有几棵粗壮高大的沙枣树。树干就像榆树和胡杨一样，有着刀刻般的岁月沧桑、粗糙、皲裂，我们往上攀爬，脚丫子被硌得生痛。沙枣树的枝条是红褐色的，叶子则是银灰色的，而花却是一片金黄，浓烈绽放时，花团锦簇、芳馨弥漫，整个沟谷都成了一片香海。

如果仔细观察，很多树种都会往外渗透一些汁液，有人将其称为树的眼泪。比如胡杨树就是一种"会流泪的树"，如果有什么东西划破了树皮，体内的水分会从"伤口"渗出，看上去就像流泪一样。这种"眼泪"很快变成一种结晶体，叫胡杨碱，不但能食用，也可以制造肥皂，很珍贵。

沙枣树也是如此，从结疤处分泌一种汁液，呈红褐色，无异味。先是液体，随后凝固，抓上去黏糊糊的，能把手指粘连，这就是沙枣树胶。人们很会利用大自然馈赠的美好礼物，用奥斯曼描眉，使眉毛黑又长，两个眼睛看起来很漂亮。把沙枣树胶采集回家，熬成水，用来洗头梳辫子，仿佛头发像抹了一层发胶，光鲜、明亮，用来定型能不怕风吹雨淋，梳一次辫子三五天都不会乱，起到了很好的美发、护发和养发作用。

由此想起过去一些难忘的事情。姑娘爱美是天生的，乡下姑娘装扮自己都是就地取材，纯原生态的。奥斯曼种在自家小菜园里，掐几片叶子，捣碎了，放在倒扣的小瓷碗底座上，一边对着镜子，一边细心地描画眉毛。海娜花也是如此，乡下都叫"指甲花"，连茎秆、叶子和花一起捣碎了，加上白矾，睡觉前包在手上。第二天醒来一看，不但手掌变了颜色，所有指甲都黄中透红，色泽鲜艳，平添几分神韵，成了女孩子们的骄傲。

不过由于沙枣树胶生长在全是树刺的枝条上，一不小心就会被刺伤，或者把衣服刮破，这让一些男孩子找到了献殷勤的好机会。春天撅枝沙枣花，插在一个盛了水的瓶子里，送给姑娘带回家放在窗台上，满屋子都是花香。夏天帮着找树胶，像泥巴一样捧在手心，一路小跑到姑娘跟前，心情愉悦极了。有一次一个叫阿不力孜的愣头青,为了给一个姑娘找树胶,硬是爬上了一棵最高的沙枣树。然而正当他兴高采烈地带着树胶下树的时候,突然被半截树桩子挂住了衣服,努力了半天也脱不了身。因为树上有伯劳鸟窝,窝里的两只伯劳以为这家伙是冲着雏鸟来的,轮番向阿不力孜发起进攻,吓得他两只手不停地挥动,而且一边驱赶伯劳,一边冲我们大喊大叫:"你们咋见死不救,看笑话啊,赶快上来一个人,帮我下到树底下!"于是就有一个爬树高手,哈哈大笑着快速爬到树上,帮助阿不力孜救了急、解了困,回到树下,从此也留下了一个难忘的故事。

神奇的花草

　　小时候放羊，不是在山上，就是在田野。当然，为了抓膘，也趁人不备把羊群赶到渠水边，因为沟渠里淌水，渠两边草的长势就旺盛，羊吃得肚子鼓鼓的，我的心里自然美滋滋的。早就听父亲说过，羊的膘情好，价钱才会好，身上穿的，上学用的，都指望着它呢。不过到渠边放羊，要冒一定风险，特别是那些流经庄稼地的渠水边，不是种了玉米小麦，就是长着土豆蔬菜，羊儿会"吃着碗里的，眼睛却盯着锅里的"，一不留神就会蹿进地里，糟蹋了别人的庄稼，那可不是闹着玩的。

　　薄荷芽就喜欢在这种潮湿的地方生长，混杂在长长短短的野草丛里，很难第一时间从一片绿色之中分辨出来。然而那种挥之不去的特殊芳香，却总是随着扑面而来的徐徐清风,渗入鼻腔,沁人肺腑。实际上一开始接触到这种味道的时候,并不知道它是来自薄荷芽,直到有一天母亲牙龈痛得厉害,就来到沟渠边,俯下身子瞅了瞅,随手掐了几棵野草,用水洗了洗,张开嘴慢慢嚼了起来。我这才知道这种一拃来长,红绿相间茎,扁长型叶子的野草是母亲所说的"雅勒普孜",也就是薄荷芽。不曾想这种味道特别的野草,羊儿喜欢吃,还能治牙痛,就觉得神奇,从那时开始特别留意,后来甚至家里来了客人,母亲让我掐些薄荷芽,做包子、饺子提味时,我就像个经验丰富的大师傅一样,径直来到沟渠边,腰一躬,头一低,眼一瞅,手一伸,就准确无误地掐到薄荷芽了。

再后来长大了,才知道城里人把薄荷芽叫作薄荷,包括水果糖、冰棍儿和牙膏,都有薄荷味的,我就钟爱薄荷味的牙膏,刷牙的同时还能想起儿时放羊的日子,感到特别怀念和温馨。更神奇的是,这些年喝茶的习俗也在悄然发生着变化。以前生活困难时,主要喝砖茶和奶茶,到后来喝红茶和香茶,到现在喝薄荷茶则非常受欢迎,我想除了其特殊的味道,还有就是它的医疗价值。据说薄荷具有疏散风热、清利头目、利咽、透疹、疏肝解郁之功效。在乌鲁木齐茶馆喝到的薄荷茶,可以配蜂蜜,也可以调果酱,一把透明的玻璃茶壶,看得见绿色的薄荷叶在上下漂浮,养眼提神。一人一个小茶杯,也是透明的,再配一把不锈钢银色小调羹,不停地搅动茶水,于是,薄荷的香气、蜂蜜的甜美、果酱的原生态仿佛绕梁不绝的迷人神曲,就这样在人的心里回荡,那感觉实在太好了。难怪一个亲戚过个十天半月,就让我请他喝一次薄荷茶,原来他已经上瘾,不喝不行了。

说到海娜,那可是女孩子们的专利,小时候也叫"指甲花"。村上几十户人家,只有铁毛尔奶奶家种得最好。铁毛尔奶奶家住在麦场下面一个土坡上,低矮的土房子前面,有个小小菜园子。说是菜园子,其实只有很少几个品种，而且都是人们喜欢的西红柿和豇豆等。西红柿搭的是小架子，也就是插三根棍子，呈三角状，等秧子长高了，拉起来绑在架子上，结了果实，远远看去就像一个个灯笼，红的、绿的，一串串、一簇簇，特别诱人。豇豆则用长长的豇豆秆子，有的用葵花秆，更多的用榆树、杨树条子，秆子要比指头粗，要结实且高过人头。豇豆出土开始扯秧，两个一组，要把人字形的秆子插上，等结了豇豆，果实便一把子一把子吊在空中，采摘起来非常方便。前两样是蔬菜，能给人们的身体提供不可或缺的营养物质，而海娜则是抹在指甲上的，纯粹为了好看，所以种的很少，也就桌子大小一点地方。当时，男孩子的心思在西红柿上，想着偷吃一个解嘴馋，女孩子的眼睛则是瞄准了海娜花。

　　问题是铁毛尔奶奶家的菜园子扎了篱笆，不是用柴梢子、葵花秆子做的，而是清一色的沙枣树枝子，上上下下都是刺，身子还没钻进去，就会被刮得到处都是伤，划不来。关键是还有那只气势汹汹的大黑狗，从早到晚就在菜园子门口卧着，远远看见人就开始"汪汪汪"地叫着，拽着铁链子"哗啦啦"地响，动静大得很，我们根本不敢靠近。于是我们就央求铁毛尔带着我们一起去，毕竟是自己的亲孙子，奶奶会同意，不过有个附带条件，那就是要我们帮着浇水。所谓浇水，就是大家提上水桶，轮流到下面的涝坝提水，然后小心翼翼回到菜园子，按顺序依次给西红柿和豇豆浇水，等西红柿和豇豆沟里的水满了，这才轮到浇海娜花。每次只能进去一个人，不能直接用水桶将水倒进海娜花里，而是要用葫芦瓢舀水，一瓢一瓢轻轻地浇，慢慢地淌。铁毛尔奶奶就像一个监工，絮絮叨叨、指手画脚，仿佛西红柿、豇豆和海娜花也都是她的亲孙子，生怕碰了、撞了，眼睛死死地盯着我们的一举一动。

　　最后，我们男孩子每人能得到一个西红柿，三下五除二狼吞虎咽地就吃进肚子里了,而女孩子们能得到一点海娜花,就心满意足了,然后说着笑着一溜烟跑回家中。

曾经去新疆维吾尔自治区博物馆参观学习,当我们来到"楼兰美女"干尸展台前,讲解员为我们讲解了如何发现"楼兰美女"干尸和当时的历史背景,当讲解员讲解到最后,顺便提及了"楼兰美女"的指甲"不是白色,而是焦红色,原来就是用海娜花美了指甲呢"。那么用海娜染指甲,不是现在才有,而是古已有之。

大地上的劲草

大地赐予人类永不枯萎的绿色生命,既有草本,也有木本。芨芨草是一种草本植物,多年生、密丛禾,叶子细长,茎秆坚硬,因为根系发达,长势旺盛。芨芨草耐旱,即便是在盐碱泛滥的干草滩、沟洼地、山坡处,都能看到芨芨草茁壮生长。有些地方,根连根、丛连丛、一墩一墩连成片,甚至高过人头,密密麻麻地开着紫红色的花,风一吹,如波浪起伏,"哗啦啦"摇曳,有一种"疾风知劲草"的古诗词意境,令人感慨。

说到古诗词,自然联想到唐代边塞诗人岑参的《白雪歌送武判官归京》,开篇就写道"北风卷地白草折,胡天八月即飞雪"这里所说的白草,其实就是芨芨草。怀着到塞外建功立业的宏大志向,岑参两度出塞,久佐戎幕,前后在边疆军队中生活了六年，因而对鞍马风尘的征战生活和冰天雪地的塞外风光有长期的观察与深刻体验。呼啸的北风把芨芨草都刮折了，随后就是漫天的大雪，那是一种什么样的极端天气，让人不寒而栗。然而岑参毕竟有着强烈的家国情怀和浪漫主义色彩，紧接着就以"忽如一夜春风来，千树万树梨花开"的奇绝想象和比喻，让人重又看到了塞外飞雪的壮丽景色。

说实在的，那年八月的一天，我在奇台县江布拉克景区，看到那一片繁茂丛生的芨芨草，仿佛红旗猎猎，迎风招展，突然就有感而发，只要心中真情在，哪里都有美景。就以芨芨草为例，从泛绿到枯黄都司空见惯，但与我们的生活息息相关。春天生长的时候，我们这些孩子一边放着羊群，一边一人占上一丛芨芨，扒开叶子，拽住茎秆，脚一蹬，两手一抽，一根根脆嫩的茎秆就从芨芨草中拔出来了。细细的、长长的，上边绿叶，往下白茎。我们需要的就是那一截半臂多长的白色茎秆，像葱白一样，晶莹透亮，味道却有别于葱白，不辛辣、不刺鼻，反而甜嫩、水津。抽一把夹在腋下或抱在怀里，一路"咯噜、咯噜"地嚼着，有一种心满意足的快乐感。

到了麦熟季节，芨芨草的茎秆就老化了，已不适宜我们再享用了。然而它又派上了新的用场，那就是用来当草绳。当时我们乡下主要有两种草绳，一种是米泉买来的稻草绳，黄黄的、干干的，像辫子一样搓成一根一根，扎麦捆子前必须在水里先浸泡一下，否则用时一使劲就断了。壮劳力能割麦子，而身板弱一些的人则把一把子稻草绳搭在一根草绳上，然后再拴在腰上，扎一个麦捆，抽一根草绳，因而又叫作"草腰子"。还有一种就是芨芨草绳。就地取材，不用花钱，拿镰刀把芨芨草秆从根部齐茬割了，三五根一组，根朝下，梢子向上，头对头绕一绕，编一编，绑一绑，再一拽一抻，一根芨芨草绳就成了。因为需求量大，到了割麦子的时候，谁家下手早，谁家得到的芨芨草绳就多。所以有时候一些人家干脆直接用麦秸秆当草绳，尤其是水浇地，地边总有些长得比较高，成熟也相对晚一些的麦子，顺手割了就地来当草绳用，也很方便、快捷。

到了秋天，芨芨草的作用再一次得到充分发挥，那就是扎扫把。芨芨草到了这个时候，茎秆有硬度，且笔直有长度，一把一把地割回来，放到院子晾晒一下，除去叶子，凑好数量，就可以着手扎扫把了。制作一把扫把除了用芨芨秆，还需要用一定比例的"土尔条"，就是山里的一种枝条，呈红色，有韧劲，比芨芨草秆稍粗一些，和芨芨秆混扎在一起，扫地有力度，也保证了扫把的使用寿命。有了这两样，还必须有个能固定的铁箍子，缠上布条，把扫把根部穿进铁箍子，然后把上头削尖，把已处理光滑的木头把子，用力插进箍子里，这才形成一把完整的扫把。这个制作过程比较复杂，也比较细致，只有行家里手才能担当。比方说，如何将扫把、箍子和木把子，借助刀子、钳子和榔头等必备工具，进行无缝连接。不仅要美观，还要结实耐用，包括用麻线把芨芨草和"土尔条"分上中下三圈有机连接起来，就很有学问。再则必须身上有劲，尤其是套铁箍子，在地上撴把子，都是力气活、技术活，如果分寸掌握不好，是扎不出一把好扫把的。

马莲花也是一种多年生宿根草本花卉，根茎短粗、肥壮，叶子根部相对宽大，往上则逐渐窄细。因为形状像韭菜，一些农户就把宽叶韭菜称之为"马莲叶韭菜"，以此来招揽生意。马莲也属抗旱性草木，喜欢阳光，一丛一丛生长在荒滩、戈壁，尤其开花时节，远远望去蓝莹莹、紫艳艳，绚丽多彩、新奇夺目。女孩子掐一朵马莲花，别在耳根，一下子显得花枝招展，婀娜多姿，平添几分神韵；而男孩子则随手拔一片叶子，横在嘴边，像比赛吹柳笛一样吹出声响。马莲花的花朵以雪青色为主，散发出淡淡的香气，其绿叶则不是实心，扁状的结合处留有一丝缝隙，上面有层白色薄膜，仿佛笛膜，放到嘴上一吹，就能发出声音，虽不动听，却有节奏感，悟性高的孩子，还能吹出简单的一首曲子，因而招人艳羡。

就像芨芨草一样，马莲花也是生命力极为顽强的植物，对控制水土流失，抵御风沙侵蚀，有着特殊的保护作用。或许因为如此，马莲花混生在杂草丛中，很少受到牛羊的啃食和糟践，周而复始，循环轮回，在"野火烧不尽，春风吹又生"的砥砺与考验中，年年茁壮生长，粲然绽放，不失为一种高贵的品质和气节。

儿时，男孩子玩打髀石、掏鸟窝，女孩子玩跳皮筋、沙包。其中跳皮筋就有这样的口诀：马兰开花二十一，二五六，二五七，二八二九三十一……一直到九八九九一百一。这是节奏慢的，还有节奏快的，几十个数字说出来如连珠炮一般，一字不差，一气呵成。难怪女孩子们大抵伶牙俐齿，出口成章，或许和如此这般的不断练习有一定的关系。这时我们才知道，马莲花其实就是马兰花，一字之别，却显得一个通俗，一个文雅。

后来看了神话故事电影《马兰花》，深深地被那传奇曲折的故事情节所吸引，尤其是对里面的人物大兰和小兰记忆犹新：一个贤惠可亲，一个懒惰妒忌；喜欢谁，讨厌谁，我们爱憎分明，分得一清二楚；还有那个由猫变成的黑心狼，到现在仍然不忘其丑恶的嘴脸。善有善报，恶有恶报，不是不报，时候未到，我们打小就懂得了这样的道理。有时候一句话、一首歌、一本书或一部电影，就能影响人的一生。

正是因为马兰花这种高尚的秉性，后来人们就以她的名字命名了一种精神，可谓恰如其分，这就是大漠戈壁的"马兰精神"。那是一群默默无闻，一生奉献于祖国国防科技的楷模英雄们。他们"干惊天动地事，做隐姓埋名人"，无私无畏，无怨无悔，就像生长在大地上的一棵棵马兰草，看似平淡无奇，实则功德无量。其中有这样一个故事：夫妻二人相互隐瞒着,都说接受任务要去远方,都没告诉对方要去哪里。后来一个偶然的机会,在祖国西陲边地的一棵大树下,两个等车的人转头相视的一瞬间却惊愕万分,我望着你,你看着我,半天说不出一句话来。因为他们就是那一对夫妻,最终以这样的方式,在这样的场合不期而遇。说真的,那次听"马兰精神"事迹报告会,讲到这里时,不仅我不住地擦眼泪,几乎全场的人都感动得哭了。

荨麻也是一种草,沿天山一带都有分布,秆子有指头粗,叶子呈凹形,扁长,带锯齿,开花黄,中泛白,像葡萄一样,一串一串微小的颗粒。荨麻喜欢和蒺藜混生,也是一墩一墩的,生长速度快,一般半腰来高,到了秋季有的比人还高。荨麻多在山脚下生长,深绿深绿的,其貌不扬,然而不少人却被它迷惑了,受到"袭击"后却搞不清来自何处。有一次同学从沿海城市来新疆,我们一起去了山上,想不到刚下车一会儿,同学就"噢噢"地叫着,从一棵树下跑了过来,一边跑一边甩着一只手,起先还以为被蜜蜂蜇了,再一瞧树旁边就有一大丛荨麻草,不用说是被荨麻"咬"了。

荨麻又叫蝎子草和"咬人草",皮肤不小心碰到荨麻,即刻会有一种钻心的痛,就像被蜜蜂蜇了,或是蝎子咬了,反正让人痛得难受。这种草茎秆和叶子上,都有细小的刺状物,密密麻麻的,不容易分辨,具有毒性。若被扎到了,就会有过敏反应,有的人反应轻,有的人反应大一些。所以以后再到山上,尤其是不知道荨麻草厉害的城里客,主人家都要提前告知,提醒注意防范。当然也有明知山有虎,偏向虎山行的人,就像有的人"拼死吃河豚"一样,到了春天,有些度假村就趁着荨麻鲜嫩,掐了尖,用水焯后,拌成凉菜,味道非常好。

当然不能忘了芨芨、马莲和荨麻的药用价值。比如芨芨的清热利尿功效、马莲提取液可镇咳、抗惊厥,能加强戊巴比妥钠的催眠效果等。而荨麻则对治疗风湿疼痛、产后抽风、小儿惊厥和荨麻疹有一定的功效。80年代末，我在近郊的地窝堡乡任职，有一日突然身上出了一些红疹子，到医院看医生，说是得了荨麻疹，就开了一盒糊状物的外用中药，抹了几天，症状有所好转，随后完全消失，现在再想，估计就是荨麻草发挥了功效。

老醋沉香

醋是生活中不可或缺的调味品,因为味道酸,能刺激人的神经和味觉,进而影响到胃,提振食欲。那些年餐桌上饭食简单,肚子里油水也少,如果再少了酱油醋,日子就太没有滋味了。不过酱油和醋相比,醋还是占主导地位,尤其对我们这些从来不让嘴吃亏的馋死猫们来说,醋的最大好处是可以直接喝,而酱油则不能。往往窗台上酱油还有半瓶子,而醋很有可能就见底了,不用说,有些就是让我们偷着喝了。

醋确实有提精神的功效,吃汤饭和拉条子,有的人拿起醋壶滴上几滴,有点意思就行了。有的人口味很重,朝着碗和碟子里浇上一圈醋,浓浓的醋味一下子往上蹿,诱发味觉,帮着开胃。还有更厉害的,先用醋壶浇一个四方形状，然后意犹未尽，四方框里跟着再画一个大"×"，饭食随即变了色儿，吃着就更攒劲了。所以只要听说商店来醋了，大人和娃娃们就怀抱着坛坛罐罐和醋瓶子，争先恐后往商店跑，有的大户人家干脆提着水桶，心想着一次把大半年的醋都买回来，省得往后再为吃醋而操心了。

商店东头卖副食品，中间是日用百货，西边是农用材料。我们最关注东头和中间，东头的东西大抵和吃有关，除了油盐酱醋，就是饼干、江米条，偶尔还有蜜枣和糖。蜜枣呈圆形，黑红油亮，很多都是粘连在一起，吃起来甜美。而糖则是砂糖，金黄色，谁家媳妇坐月子，都要喝这种红糖水，好像都是大人们的专利。中间那一块和我们关系也很密切，铅笔、本子、橡皮都在这里卖，啥时候都有学生娃娃光顾。

因为都在一间大的屋子里，有一点味道就在整个商店弥漫。就说醋吧，一提子一提子从醋缸里打上来，通过漏斗，再灌入大大小小的玻璃或者塑料瓶子中。盆子和桶子，先放在铁称上除皮，再算实际重量，不一会儿，旮旯犄角都是醋的味道。有的人嘴馋，这边刚交过钱，那边嘴就对着瓶子喝一口，然后龇牙咧嘴吐着舌头说一声"真酸呀"，然后心满意足回家去了。我们这些孩子最愿意承担买醋的任务，而且一边往回走，一边学着大人的样子，你一口我一口，好像比赛一样喝着醋。先是一小口，后来就一大口，醋就像一条酸酸的虫子，从喉咙滑溜到肚子，然后在胃中翻腾，随之你一个嗝，我一个嗝，从口到鼻子都是一种酸味道。有时候一不小心，原本一瓶子醋，倏忽间就成了半瓶子，要么回头再打一点，要么就谎称回家路上摔倒，把醋洒了。

不要说男孩子这样，有些女孩子也如法炮制。我们就有一个城里亲戚家的小妹子，到奶奶商店打了醋，走到半路就把醋喝完了，于是回过头再到奶奶那里，编谎说不小心绊倒，醋就没有了。这个奶奶实际并不是她的亲奶奶，而是街坊邻居，别人都这么叫，她也就跟上叫了奶奶。奶奶一开始信以为真，然而一瞅小妹子手中的瓶子完好无损，就知道她是在哄人呢，因为人摔倒了，瓶子却没有打烂，但奶奶却没有捅破这层窗户纸，就装作若无其事，重新又给小妹子盛了醋，而且没有再收醋钱。

后来小妹子长大成人，而打醋的那个奶奶也走不动路了，小妹子就主动去照顾她，还瞒着奶奶早早在城郊把坟都打好了。虽说奶奶风烛残年，却也一直没有到无常（亡故）的时日。原先打好的那座坟墓，经过风吹日晒雨淋的侵蚀，有些地方出现了坍塌痕迹，小妹子就又花钱找人，进行了整修和加固。而这一切，都是源自老人当年打醋，给小妹子留过那一回面子。小妹子一直记着奶奶这个情分，总想着找机会报答，所以才有了打坟这个念头，并付诸行动。当老人得知这个消息后，又高兴，又激动，又感激，一把抱住小妹子潸然泪下。

而发生在岳父家和醋有关的故事是，本来醋的供应就紧张，岳父家孩子又多，于是就用水桶去打醋。当时这个活由岳父家最小的女子，如今已是我的妻子来完成。妻子那会儿身体单薄，个头又不高，好几公里打醋的路程，只能走一阵，歇一阵。突然就出现一个小伙子，接过水桶就走，一路不停，直接送到岳父家。只因此人早已心中恋着岳父家的大姑娘，才有来献殷勤的这个举动，也算让妻子免受了一次负重前行的辛苦。

后来村上从外地请来了生产醋酱的一对夫妇，从此自家门口有了醋酱房，一到醋酱出缸的日子，全村都能闻到醋酱的味道，尤其是酸酸的醋味道，游弋在鼻腔，回味在心中，久久存留在我们的记忆里。

第三章

芦草沟，四处皆是美景

☑ 忆往事
☑ 话边疆
☑ 玩出圈
☑ 遇佳作

微扫码进入

放羊的日子

生活在乡下的男孩子，十有八九都有过放羊的经历，我也是。

那时候我还小，算来也就十五六岁的样子。正是最嗜睡的年纪，只要头一挨枕头，就睡过去了，推都推不醒。可我很少有睡懒觉的福气，天麻麻亮就得起床，要赶在上课之前让羊先吃饱肚子，是我一天当中最要紧，也是很无奈的事情。

那个时候，乡下还比较穷。我们家的五个孩子，顾了吃的就顾不了穿的，生活很是拮据，若不想一点其他办法，日子就过不下去，而养羊就成了唯一选择。所以当别人还在被窝里睡得正香的时候，我已赶着羊群出了院子。不过，要想在有限的时间内让羊吃饱肚子，并非是一件易事，需冒一定风险。这个风险就是把羊群赶向地头渠边，这儿的草时常能得到渠水的滋润，所以生长的就茂盛，羊吃起来就非常过瘾。不一会儿，原本一个个干瘪的肚子，眼见着就都鼓了起来。如果羊也像人一样听话，也就好说，我可以借机头枕在渠埂子上打个盹，免得上课时上下眼皮打架，一个不小心从凳子上滑落下来，就会惹得全班哄堂大笑。但事与愿违，这边你刚一躺下，那边羊群就像电打的一样，一个跟一个"蹭"地钻进庄稼地，让人担惊受怕，出一身冷汗。

我始终认为放羊是一件苦差事，不全像是诗里写的，歌中唱的那样欢快轻松，悠然自得；也不像世外桃源似的，那么浪漫，那么幸福。"蓝蓝的天上飘着白云，白云下面是洁白的羊群……"在绿草如茵的原野上，这种舒缓曼妙的场景，或许是一道靓丽的风景让人产生联翩的浮想。然而即便这样，也都是在春暖花开、风调雨顺的年景，但不是一年四季天天如此。转场的酸楚、缺草的焦灼、接羔的劳顿，局外人是感觉不到的。鞋跑烂了，腿跑细了不说，脸也好像涂了一层黑油彩，啥时候都是黑不溜秋的，让人心生可怜。更可怕的是在漫长岁月里，孤独像黑夜一样与你形影不离，排解不去的寂寞心绪，如丝如缕，犹如一张巨大的网，陷于其中，不得自拔。和羊相随的时间长了，说话的机会自然就少了，那一段时间，我有点笨嘴拙舌，不善言辞，一说话就前言不搭后语，我估计和放羊有直接关系。

羊这个东西怪得很，看似比马要驯顺，也没有牛的犟脾气，但就是极不情愿听从牧羊鞭的调遣，你向东边赶，它绕来绕去要向西边跑。大热天的你急着要早一点归圈，它却磨磨蹭蹭、懒懒散散，一副心不在焉的样子，后边羊的头，犄着前边羊的屁股，死拉硬拽就是不动弹。尤其是山羊和绵羊混放的羊群，愈要小心留神，不然肯定会捅娄子，让你吃不了兜着走。我至今仍然记忆犹新，当我第一次拿起牧羊鞭的时候，父亲就对我约法三章：一是不能让羊糟蹋了地里的庄稼，那是庄户人家的命根子，毁了一茬庄稼，等于毁了一年的光阴；二要防止羊跑丢了，肚子里的油水、穿的戴的和上学的花费都指望着羊呢；三是切记要远离三瓣野苜蓿，那可是草场上的一大害，羊吃了会胀破肚皮，弄不好会被一个个胀死。

我当时所放的那群羊数量不算多，大小二十来只，其中有五六只是山羊，为了吆喝起来方便，我大都给它们起了名字，譬如"花喜鹊""老满口""老狐狸"之类的。起什么名字，因颜色差异来定，凭年岁大小而论，当然也有个别分子，则取决于其秉性之优劣了。就以那只"老狐狸"为例，取的就是贬义。那是一只通体雪白的羯山羊，一对弯弯的犄角，十分显眼，因身强体壮且极爱抛头露面，自然成了头羊。所以放羊娃都说："管好羊群，先要管好头羊"，足见头羊在羊群中的地位。然而就是这家伙，打第一天起就让我伤透了脑筋，操碎了心。放羊娃都清楚的一件事情是羊群上山之后，一般情况下，哪里的草长得好，头羊就会往哪里带。每每吃到七八成饱，羊群自然会游牧至一处固定的水源地，再喝上一阵水，也就到了羊群归圈的时候。我总觉得我们家这只"老狐狸"，就像它的名字一样，确实奸猾、刁钻，贼得不行。别的羊到了一个好的草场，只管低头知足地吃草，哪里还顾得上东张西望。"老狐狸"就不一样，两眼总是盯着山下的庄稼、渠边的树，一肚子弯弯绕。分明刚刚还在一座小山头上低头啃着草皮，可是等我撒完一泡尿回头再看时，它已带着羊群蹦着跳着一溜烟向山下跑去。要命的是"老狐狸"边跑还边回头张望，那意思好像在说："你追呀，使劲追呀……"

正如我父亲所说，那些年，谁家的日子都不好过，全指望地里那一点庄稼养家糊口。雨水好了还将就，若遇上天旱就苦了，如果再让牲畜糟蹋了，无疑会成为一件不幸的事情。原本和睦相处的街坊邻居，或许就会为此闹别扭起纠纷，恶言相向，反目为仇，甚至发生肢体冲突。好在我儿时是出了名的"草上飞"，速度快得跟狍鹿子一样，总能抢先一步赶到地头，才算是一次又一次化险为夷，避免了事端。不过，羊啃树皮的事情还是有过那么一两回，只不过林带都是集体所有，就好通融一些。如果赶巧碰上一个沾亲带故的护林员，说不定会睁一只眼，闭一只眼，放你一马。即便是被村里人见人嫌的"是非头"逮个正着，也不过轻则厉声呵斥你一顿，重则被踹上一脚。这对一个犯了错误的孩子来说，当然也就算不上什么丢人的事情。然而不管怎么说，最后吃亏的还是自己。羊和其他牲畜还不太一样，最忌讳大运动量奔跑，天天如此这般来回折腾几次，饿不瘦也会跑瘦的。那时候和现在不同，那时羊越是壮实就越是受人欢迎，不像今天一个个都挑瘦的吃。所以谁家羊的尾巴喂得大，谁家的锅里就不缺油水。不缺油水的家庭算不上殷实，但起码让人心里踏实一些啊！所以，眼见得抓了一个夏天的膘，就这么一天天往下掉，哪有不心疼的。

　　也是迫于无奈，我只好给头羊"老狐狸"使木绊。所谓木绊，就是截一根状若擀面杖大小的木棒，中间打上一孔，然后再穿上一根细绳子，将木棒吊挂在羊的脖子下。学问全在绳子和木棒的尺寸上，绳子长了，木棒拖在地上，让羊无法前行；木棒短了，吊在空中，起不到"绊腿"的作用。最好的办法，就是让木棒横挡在头羊的膝盖骨前，既不影响走路，又不能太快。羊的膝盖骨是最脆弱的地方，只要它一跑，木棒就会自动敲打，"叮叮当当"的，滋味一定不好受。然而说这头羊是"老狐狸"，也实在是名副其实，令人信服。尽管我使尽浑身解数，给头羊使了一个绝招，到头来还是收效不大，并没有完全束缚住它的腿脚。头羊依旧恶习不改，照跑不误，只不过跑的姿势有些滑稽而已。我一次次看着它就那么蹩脚地跑着，像跳不是跳，似拐又非拐，活脱脱一副罗圈腿，动作虽难看，却很实用。它不仅巧妙地避开了木绊,速度还不慢。都说榜样的力量是无穷的,这话用在羊的身上也恰如其分。见头羊"老狐狸"率先垂范,勇往直前地带头跑着,羊群就有了主心骨,效仿着跟随其后跑起来。一时间"咩咩"的叫声不绝于耳,扬起的尘土弥漫黄土梁,呛得人又打喷嚏又淌眼泪。

说实话,我本来对放羊就一肚子委屈。兄弟三人,好像唯独我天经地义、命中注定终日与羊为伴似的,没有个闲暇的时候。种庄稼都讲究个交替轮歇,不然的话地力下降会影响收成。而我就是一头拉磨的驴,不知道什么日子可以松一下套。早上的梦乡多么香甜,对热被窝的那种依恋,甚至超过了刚出锅的抓饭、包子,能再迷糊一阵有多好啊!但羊群不出圈是不行的,羊群不出圈就意味着我们兄弟三人当中有一人要面临辍学,而这种可能经我琢磨非我莫属。兄弟三人,我排行老二,老大即将中学毕业,让他放弃学业显然不太现实;弟弟年龄尚小,让他放羊的话,有可能先把自己放得找不回家了。与其失去割舍不断地学习机会,倒不如有自知之明,选择一种两全其美的办法,这个办法就是牺牲睡眠和玩耍,在上课前、放学后让羊群吃饱还要吃好。年复一年,朝朝暮暮,不知道什么时候才是个尽头。风和日丽的日子也就罢了,寂寞也好,孤独也好,咬咬牙也就撑过去了。遇到刮风下雨天,时间就很难打发,往往顾头顾不了脚。新疆的气候不同于其他省份,即便是夏天,也是"五月天山雪,无花只有寒",说变天就变天,说寒冷就寒冷。人们常说的"早穿皮袄午穿纱,围着火炉吃西瓜"就是真实写照。可怜我身上衣正单,呼呼的寒风裹挟着噼里啪啦的雨点,劈头盖脸侵袭过来,让人躲无处躲、藏无处藏,像一只落汤鸡缩成一团,瑟瑟发抖。

回想起这些,我仿佛受到了一种欺侮,对头羊"老狐狸"充满了敌意。旧恨未去,又添新仇,于是我怒气不打一处来,新账和老账一次算,一弯腰就手捡起一块石头,攒足劲,瞄准头羊"嗖"的一声投掷而去。只听得"咣"的一声响,可是头羊相安无事,紧随其后的小绵羊"约勒瓦斯"却应声倒地。我原想打头羊"老狐狸"的犄角,不料击中了吊在脖子下的木绊,由于用力太猛,木绊又过于圆滑,石块反弹后不偏不倚就弹在了小"约勒瓦斯"的干腿杆子上。这是只不到两岁的小绵羊,虎头虎脑的,才起了这么个名字。羊群中它算是吃的最"文雅"且膘情也最好。父亲对小"约勒瓦斯"情有独钟,不仅在于它长得憨厚,而且还通人性。小"约勒瓦斯"从小失去母亲,缺少奶水,多亏父亲特意为它订了牛奶,一口一口把它喂大。从此就认准了父亲,只要父亲蹲下身子吃饭,小"约勒瓦斯"就会撵过来嘴巴往碗上凑。父亲也是越来越喜欢它,给它开起小灶,自然膘情日渐看涨。它像是一只宠物似的,整天跟在父亲屁股后面,让左邻右舍稀罕得不行。有不少附近煤矿上的熟人要出高价买它,父亲都一口回绝,说要留着家里过节时才用。

此时此刻,瞧着小"约勒瓦斯"腿上血流如注,我后悔当初不该给头羊使木绊,否则也不会有今天的惨状,真是自食其果。我慌里慌张脱下背心,学着电影上的样子,叠成一个方形,使劲摁在小"约勒瓦斯"伤口上,心想这样可以止血。过了一会儿,血还是照流不误。我又抓起一把沙土捂了上去,刚开始还行,可不等多长时间,血又从沙土中渗了出来。我急中生智,突然又想起以往和小伙伴们玩耍,如果有谁不小心磕破了皮,大人都是用烧草灰的办法来止血,于是如法炮制。我急忙掏出每个放羊娃都必带的一盒火柴,用脚将四周的野蒿和荆棘向一块归拢归拢,点着火烧了起来。不知是老天有眼,还是烧草灰本身起了作用,一番忙碌之后,小"约勒瓦斯"腿上的血还真不流了。我顿时觉得一块石头落了地,长长舒了一口气。还算万幸,小"约勒瓦斯"最终摇摇晃晃地站了起来,不过走起路来却是一瘸一拐,而且走一阵缓一阵,多少还有些吃劲。那一天我一直熬到很晚才收圈,而且一路走一路默默地在心里念叨:千万别让父亲知道了……

其实父亲不可能不知道。第二天一大早父亲就问我:"'约勒瓦斯'的腿怎么了?"我吭哧半天才说:"没什么呀!""没什么它的腿咋瘸了?"父亲又问。我想想说:"是不是让蛇咬了?"父亲这才不言语了,只是眉头蹙得更紧,烟抽得更凶了。然而我却忽略了最要紧的一点,那就是牲畜一旦被毒蛇咬了,很难挺过一个晚上。这一点我想父亲比我更清楚。因为有伤在身,小"约勒瓦斯"后来就日渐消瘦下去,不得已,父亲只好将其低价卖了,留着家里过节时再用的许诺,从而也就作罢。

这件事虽说平平淡淡地过去了,但多少年来我一直心存愧疚。如今父亲已经离我们而去,我就愈加感到不是滋味,这才记录上述文字,算是一种歉疚和追念吧。

涝坝沟杏园纪事

从前，每每听到人们以赞美的口吻谈起涝坝沟的杏子时，我总是将信将疑。心想，那没人问津的穷乡僻壤，是盛产杏子的地方吗？然而当我有幸身临其境，禁不住脱口而道："真是百闻不如一见，一见果然不凡。"

不要说杏园面积之大令人目不暇接，也不要说一棵棵杏树是那般枝繁叶茂、硕果累累，单是鸟儿们一声声婉转悦耳的鸣啼，就足以使你心旷神怡。

在新疆，杏子一般在五六月份上市。也许是地处高寒山区的缘故，涝坝沟杏子的旺季，却是在炎热的夏季。由于方圆几十里就只此一处，每当杏子成熟的时候，这里才是热闹的所在。步行的、骑马的、坐着车的人们都纷至沓来，从早到晚，络绎不绝。那场面简直可以同县城里的集市媲美。当然，人们在饱尝了那黄澄澄、甜脆脆的杏子之后，没有一个不翘起大拇指交口称赞的。

我当然也不例外。在此之前，我曾到过许多享有盛名的瓜果之乡，和那些其他产地的杏子比起来，涝坝沟的杏子似乎更合口味一些。

记得我去涝坝沟的那天，正巧碰上一个老乡家里嫁女儿。不用说，杏园里更是别有一番情趣了。拂面的山风徐徐吹来，既爽身又提神。碧玉般清澈的流水，则仿佛是一根根琴弦，"叮叮咚咚"地为人们弹奏着舒心的乐曲。欢歌笑语此起彼伏，伴着园主人一声声尾音很长的吆喝，很是诱人。

经人介绍，我结识了哈斯木大叔。他是园主人之一，六十多岁的年纪，鹤发童颜、精神抖擞。和许多老人一样，健谈而富有幽默感。

"大叔，瞧您这生意可真够红火的!"我说。

"如果不是杏子好，喊破嗓子也白搭呀!"老人捋着银须，风趣地回答。

"看来，一天卖个百八十元是不成问题哇?"我又问。

"那可不，碰巧了，三百块也不在话下呢!"老人伸出三个手指头，很是神气地说。

我们边谈边来到一棵粗壮的杏树下。老人俯身拾起一根长木杆，朝着树枝敲打起来。黄澄澄的杏儿如雨点般噼里啪啦地掉了下来，很快，绿草地上便铺了厚厚的一层。老人告诉我，这是杏中之王，最好吃了。因为核是甜的，就起名叫"甜核"。我随便拾起一颗，擦净后放进嘴里，果真是甘美异常。"这种杏树共有多少棵?"余香满口的我掩饰不住内心的喜悦问道。"你看，那些都是!"笑容可掬的老人指着园子的西边说。我抬头望去，只见棵棵杏树皆是果实满枝头，令人叹为观止。

拾了满满一大筐杏子之后，老人又带我来到园子中心，在一张供休息用的木床上坐了下来。出于职业习惯，我掏出笔将老人的介绍如实记录下来。

原来，这座杏园的历史已有二三十年之久。以前，由于看园人管理不善、经营无方，一年下来收入还不到五百元。等到实行家庭联产承包责任制以后，哈斯木老人和另一户牧民自告奋勇，将这座杏园承包下来。他们两家，男女老少一齐出动，不分白天黑夜泡在杏园里，挖渠打墙、修枝喷药。功夫不负有心人，杏园果然起死回生，呈现出一派生机勃勃的繁荣景象。如今，他们不仅每年超额完成承包合同，而且每家都能获得不菲的收入。"政策对了头，生活有奔头啊！"末了，老人兴致勃勃地总结说。

这时，老人的儿子来叫他，说是有人来拉杏子。于是我们一起走出杏园。只见两辆毛驴车正停在那里。老人和两个车把式打过招呼之后，就带他们去装杏子了。由于人手多，不到半小时就装了满满两车，出乎我意料的是他们不是"一手交钱，一手拉货"，而是就那么随随便便地让人把杏子拉走了。我很是不解地问老人："怎么不交钱就让拉走杏子？"老人笑着说："都是本地人，乡里乡亲的，还怕跑了不成？等他们卖完了货，手里头宽裕一点了，再结账不是更好吗？"

这天晚上，在哈斯木老人的再三邀请下，我住在他家里。山乡的夜，很是清静。也许是感触颇深的缘故吧，让我辗转反侧，难以入睡。我想，如果把自己的所见所闻写成文字发表出来，对哈斯木老人、对所有靠自己的双手发家致富的人们，不都是一个很好的鼓舞吗？

于是，我便很快写下了这篇杏园纪事，与其说是赞美涝坝沟的杏子，倒不如说是感恩党深入人心的富民政策。

外面的世界

　　说起父母,他们打小离乡背井,四处漂泊,最后落脚于一个叫作芦草沟的地方,一住就是一辈子。而故乡吐鲁番,则从此成为一种记忆,印在脑海里,挂在口头上。特别是父亲,直到离开人世,也不曾重归一次故里,这成了一生最大的遗憾。

　　都说儿女是父母的心头肉,接连生养五个孩子,就如同脊背上背着一口锅似的,随时都要为吃饭问题伤透脑筋。经常都是怀里抱着一个,手里领着一个,这个还没吃完一碗饭,那个又开始"噢噢"哭上了。哪里还有闲暇之心,拖都把人拖垮了。

　　那时母亲的生活半径,就在地头和锅头之间,而父亲虽说当着村上的干部,也离不开方圆几公里范围。即使偶尔参加县上的会议,也是来去匆匆,难得停留一次。

实际上城乡之间近在咫尺,换作今天,汽车油门一踩就到了,而老家吐鲁番也远非遥不可及,一天跑一个来回也绰绰有余。然而那时就像道路走不到头一样,出一趟远门就成了很大的事情。

越是这种时候,血浓于水的亲情越是让人备受煎熬。只是父母把对故乡的思念埋藏于心里,而故乡对父母的牵挂则奔波在路上。于是一年半载之后,或许就有一个亲戚风尘仆仆而来,或相拥而泣,或嘘寒问暖,仿佛在彼此相似的眼神之中,突然看到某个熟悉的长者身影,倍感亲切和激动。

很快,我们就会听到发生于很早以前的一些故事。故事总是围绕着一个叫"恰特喀勒"的地方展开,那里地处沙漠边缘,原先那些低矮的土屋大都被滚滚黄沙埋没了,只有几棵古老的桑树依旧还在生长,到了桑葚熟了的时候,爬上去用脚蹬一下树干,桑葚就像雨点一样"噼里啪啦"地往下掉。

因为以前桑葚成熟后都是掉在地上沾满了尘土,吃桑葚的同时也把尘土吃进嘴里。现在就不一样了,先由两个人在树下抻一条布单,然后树上的人一蹬,桑葚都落在单子上,干净多了。而且吃不完的桑葚不再被糟蹋了,装进篮子运到乌鲁木齐,还能卖上一个好价钱呢。

还有一个叫"江格勒巴希"的坎儿井,当初流水不断,清凉清凉的,按习惯吃了杏子就要喝凉水,因而那里就成了孩子们云集的场所。可是去坎儿井要经过一片戈壁滩,而戈壁滩又是蝎子出没的地方,一不小心就会被蝎子蜇了光脚丫子,那个疼比针扎了还厉害呢。所以去坎儿井的路上谁若是突然"哇哇"哭喊,肯定就是踩上了蝎子。

回忆童年那些难忘的岁月,能让远离故乡的父母多少得到一些心灵的抚慰。可是这种抚慰毕竟都是短暂的,因为往往父母突然提及一个名字的时候,这个人或许已经成了故人,而这个人很有可能是父母最牵挂的。父亲还好说,生性意志力顽强,再大的悲伤都能忍着,不让眼泪流出来。母亲就不行了,听到这样的噩耗,嘴唇哆嗦不止,眼泪也像断了线的珠子,顺着脸颊一个劲往下流。记得一次母亲一边炒菜,一边泣不成声,我们几个不懂事的孩子,就围在母亲身边开玩笑说"菜吃不成了,妈妈的眼泪都掉进锅里了"。可我们哪里知道,这个时候正赶上有亲戚从吐鲁番来,母亲如此悲痛和辛酸,一定是有一位亲人与世长辞了。

起先总以为来日方长,今日欠下的以后能补回来,然而繁重的家务和拮据的生活,不但没有让父母偿还债务,反而越欠越多,甚至一拖就是几十年。

虽说父母所欠的亲情债务日积月累,几乎到了难以偿还的境地,却丝毫没有亏待过我们五个子女。就以我为例,如果不是父母倾其所有,牺牲一切,我就不可能一帆风顺地从小学一直上到高中,而且做梦都没有想到的是,父母竟破天荒培养出了村上第一个大学生。我第一次出了远门,千里迢迢来到齐鲁大地,不仅看到了祖祖辈辈从来不曾看到的外面的世界,而且更重要的是学到了受益终生的真才实学,为家庭、为社会贡献着一份自己的力量。

我就想,父母的伟大不在于留下多少金银财宝,也不在于见过多大的世界、具有多么高深的学问,而在于教给你如何做人、怎样走路。儿女是父母血脉的延续,父母是儿女精神的依托,所以当我坐着火车,穿行于苍茫大地,感怀江山如此多娇;或者乘着游轮,行驶在蓝色海洋,顿觉激情如此澎湃;抑或登上飞机,飞翔于万里天空,惊叹天空如此博大浩瀚的时候,我深深地祝福我的父母,因为没有父母当年的养育之恩,我哪里能有如此难得的机遇——饱览祖国山川之壮丽,尽享祖国江河之秀美。

如今我的一双儿女也相继考上了大学。如果说当年我从农村走进了城市,而儿女则由一座边城走向了首都北京。儿子在中央民族大学毕业后,接着又报考了母校研究生。女儿先是在中国人民大学学哲学,四年之后,青出于蓝而胜于蓝,成了北京大学哲学系的一名硕士。女儿打小逻辑思维能力强,说话条理分明,一是一,二是二,毫不含糊。女儿立志要考取北大,现在夙愿得以实现,她高兴,我们更骄傲。

最后我想说的是,我总算帮母亲完成了父亲的遗愿,回了两趟老家。每次去的时候,母亲都要带上一大包花花绿绿的布块,走东家串西家,这些布块就成了上门的礼物,从母亲的手里转到一个个亲戚的手里。而几十年前为了这些布块,父母攒了又用,用了又攒,从来没有凑齐过一回,耽误了行程不说,也让父母背上了沉重的负担。

一双儿女的学历层次早已超过于我,而且均在祖国的首都北京接受了高等教育,现已回到新疆,成家立业,在各自的工作岗位上发挥着作用。不远的将来,他们走的地方会比我多,眼界比我也要宽广,毕竟外面的世界很精彩,只有心怀大志,才能成为时代的骄子。

瓜 田 趣 事

儿时，对于乡下孩子来说，瓜地算是一个挡不住的诱
惑。到了暑期，地里的瓜也适逢开园，孩子们为了尝鲜，一
解嘴馋，便三五成群结伴而行，兴冲冲来到地头，嘴甜甜地
向看瓜老汉问一声好，随之像青蛙一样蹲成一溜，齐刷刷
将目光投向瓜棚，似乎告诉瓜棚里的看瓜老汉："你看我们
多可怜，行行好给我们摘一个大甜瓜吧。"

瓜棚呈三角形状，由几根椽子和树梢搭成，两头敞着，
既通风又能觉察周围的动向。棚里有一层厚厚的麦草，上
面铺一条羊毛毡，睡觉的被褥摞在那里，看上去似乎脏了，
已经失去原色。抬头一望，棚顶挂有一盏马灯，灯罩多半
被烟熏黑，夜晚那些光亮只能意思一下，起不了多少作用。

看瓜的老汉说不清自己的实际年龄，只知道是在麦子

黄了的时候出生的。因为年轻时落下残疾,冬天喂马,夏天看瓜,算是乡里对老汉的一种特殊照顾。

老汉叫吐尔地,就是"站得住"的意思。据说当年老汉的父母连着生了几个孩子,不幸先后夭折,于是就给他起了这个名字,希望他健康成长,把根扎住。

后来吐尔地真的站住了,娶了老婆不说,孩子也养了一大堆,就像一棵生命力旺盛的大树,变得枝繁叶茂起来。如果不是那次马车意外翻下沟去,压伤了他的一条左腿,即使上了年纪,他也会奔波于生产一线,多挣几个工分。

喂马是在寒冬腊月,外面的风刮得像刀子一样,但马号里炉火通宵燃烧,铡草的伙计轮换陪着,日子打发得容易。看瓜就不同了,一到晚上伸手不见五指,黑黢黢一片,马灯自然成了摆设。糟糕的是蚊子挥之不去,连夜"嗡嗡"叫着,叮得满脸红包,痒得钻心。

有一次吐尔地夜半三更头刚挨枕头,狗又"汪汪"叫上了,铁链子拽得"哗啦啦"响。吐尔地老汉一骨碌从麦草铺上翻起身来,一手拿上棒子,一手提着马灯,顺着狗叫的方向支棱着耳朵,听听到底有何动静。如果只是一个偷瓜贼,老汉只要使劲喊上几嗓子,偷瓜贼就会溜之大吉,躲得远远的。因为当时有个罪名,叫破坏农业生产,要是被吐尔地老汉逮住,告到队长那里,麻烦就大了。可这次狗吠依然不止,他就觉得蹊跷,却又不敢贸然行事,万一碰上个胆大的,撂块石头砸在头上,黑灯瞎火地找谁算账。

忐忑不安中,隐隐约约看见有个黑影向瓜棚靠近,不紧不慢,摇头晃脑,而且优哉游哉"咴咴"打着响鼻。不但狗不叫了,吐尔地老汉的心也随之放进了肚里。原来是队上那头二麻驴,正带着刚生不久的小毛驴,吃草吃到了瓜地,此时正顺道往圈里赶呢。吐尔地老汉就气不打一处来,骂了一声："牲口东西，去哪里不好，偏跑到瓜地来糟蹋了！"随手扬起棒子"啾什，啾什"撵着毛驴。

队上的牲口像这样不留神地窜到瓜地，似乎已经成为家常便饭，隔三岔五就能遇上。驴呀马的对一个个圆形的西瓜、甜瓜一般都无从下口，但蹄子经过会扯断瓜秧，一片一片地看着心疼。

不过遇上獾猪，瓜就难逃厄运了。虽说獾猪是偷食玉米的高手，却偶尔反串一下角色。小巧玲珑的体型，生性狡猾，哧溜一下钻进瓜沟，根本看不到它的踪迹。而且传说獾猪的牙齿锋利坚硬，一口就能咬穿坎土曼，人们自然望而生畏，即使发现了也是躲着绕着。损失几个瓜是小事情，人被伤着了，就得不偿失了。

折腾一夜之后的吐尔地老汉，到了快要天亮的时候，上下眼皮再也不听他的话了，说着就要闭合在一起。他只得步履踉跄回到瓜棚，挂上马灯，扔下棒子，拉开被褥倒头就睡，鼾声如雷般响起。

太阳升至一竿子高，老汉又像往常一样起身了。因为很快儿媳妇就会来送吃的喝的，他就挽起袖子，提上水壶，蹲在瓜棚一侧，开始洗手、漱口和抹脸，一切停当之后，就远远看着儿媳已经走过来了。泡在保温瓶里的茶水，滚烫滚烫的，倒在碗里呼呼冒着热气。老汉就喜欢这样的烫心茶，喝着提神解乏，不像有些人家的温吞水，洗锅水似的看着就难受。而且儿媳有意在茶里放了冰糖，茶就愈发回味无穷。

儿媳妇不但茶烧得好，馕也打得漂亮，白里透黄，外脆内绵，加之掺了新鲜的土鸡蛋，别有滋味。吃着切成条状的馕块，就着葡萄干和核桃仁，既可口又富含营养。吐尔地老汉一边享受着生活的馈赠，一边习惯性打听着家中的情况，"盖羊圈的土坯还缺多少？"老汉问。

"孩子他爸说还差四五百，再有两天就打够了。"儿媳说。

提到孩子,也就是老汉的孙子,吐尔地就来劲了,头摇得拨浪鼓一样,脸上也是喜滋滋的。"淘气鬼塔依尔还捣蜂窝么,可要看好他了,让蜜蜂蜇上一口,可不是闹着玩的!"老汉说。

"蜂窝已经被孩子他爸清除了,托您的福,塔依尔安然无恙。"儿媳妇一脸幸福。

"那就好,那就好!"吐尔地老汉捋着胡须,慈祥地笑着。

生产队长几乎三天两头地来上一趟,虽说人瘦得像猴子一样,嗓门却大得像喇叭似的,人还没到,声音远远地就传过来了。"吐尔地大哥,瓜熟了没有,拉上一辆车出去卖了,改善一下社员的生活多好呀?"还不等老汉回答完毕,队长早已径直来到瓜地中央,一次次蹲下身,一次次又站起来,拿起这个瓜放在耳边,"嘭嘭"拍一阵,不行,拿起那个瓜再拍,还是没熟。就一边嘴上"嘿嘿"叫着,一边让老汉挑一些长势看好的瓜,一边例行公事,在一个个在瓜皮上画上"十字"记号。

"吐尔地大哥到底是个行家,选中的种瓜个个百里挑一。要紧的是要像爱护眼珠子一样看守好了,不然明年大家都去喝西北风了。"临了,队长一再这样叮嘱看瓜老汉。

有一年队长到瓜地巡查,发现少了一个大个种瓜,而且还是特别甜脆的"纳西嘎"品种,恰巧瓜地边停了一辆汽车,队长就怀疑是被司机偷去。二话不说,撒开丫子朝汽车撵去,快到跟前时,汽车却突然"呜呜"发动着开走了。队长越发觉得司机作贼心虚,一边高声喊着,一边拼命追赶。见汽车没有停下的意思,情急之下便抄近路,飞也似的绕到一个转弯之处,气喘吁吁堵住了汽车的去路。

然而队长搜遍了驾驶室和车厢的旮旯底角,连一个瓜的影子都没有找到。司机先是莫名其妙,后又因遭受不白之冤,于是便破口大骂,甚至要提着摇把子教训队长,别提有多狼狈了。

实际上种瓜是被一个叫亚生"草包"的放羊娃偷走的。之所以送他这么一个绰号,源自于他虽然个子长得高,摔跤却老是输给比他小的孩子,而且一旦拜了下风,就"阿帕,阿帕"喊着向母亲求救。

然而就是这个亚生,在山上放羊的间歇,猛地就有了一个大胆的举动:那就是趁看瓜老汉走向一边蹲下解手,神速溜进瓜地,然后电打一样消失得无影无踪。"你们见过没有,瓜皮上面划着一个十字符号,打开全是红沙瓤,吃一口甜掉牙呢!"事后亚生见孩子就吹,一副神秘兮兮的样子,还真让孩子们有些刮目相看了。

瓜地总算开园了。当生产队长把这个消息像钟声一样传遍全村,瓜棚四周就像过节似的围满了人。通常孩子们挤在最前边,一个个急得像馋猫一样,瓜还没切呢,手已经伸上去了。大人就赶紧喊道:"小心,刀子可没有长眼睛,手割烂了,这里可没有医生。"于是孩子们又一个个缩回手去,眼巴巴看着大人切瓜,哈喇子都快流下来了。

吃瓜的规矩是先吃西瓜,后吃甜瓜。甜瓜糖分高,赛蜜糖。就看吐尔地老汉来回穿梭于瓜地和瓜棚之间,再回来时一边腋下夹着一个西瓜,用抹布擦拭一番,放在事先备好的砧板上,取出菜刀,在瓜蒂处切一圆形瓜皮,来回抹两下,随之将瓜一分为二,接着在中间再来一刀,就像切菜一样"唰唰唰"成了一块块西瓜牙子,整个过程仿佛行云流水。

一会儿又抱着四五个甜瓜来了,"麻皮子"的瓜纹像花一样,"黄蛋子"的味道闻着就香。不同的是切西瓜用的是菜刀,而切甜瓜则改用一把英吉沙小刀。老汉直接将甜瓜捧在手上,切一牙送出去一牙,大小匀称,形状统一。等瓜切完之后,手上就只剩一捧甜瓜子,练就一手好活,看了令人称道。

尝鲜过后，大人们抹着嘴三三两两，说着笑着各回各家。可孩子们大抵恋恋不舍，特别是那些尝到甜头的机灵鬼们，溜达一圈，又笑嘻嘻转回来了。就像现在这样，青蛙似的蹲成一溜，虽说不好意思再张口，可肚里的馋虫却又催得不行，于是就有孩子急中生智，迎上去用衣袖擦起了灯罩，还有几个孩子借机拾着地上遗落的瓜皮。

这种"地上撒上鸡食，心里想着斑鸠"的雕虫小技，早就被看瓜老汉看穿了。不过毕竟都是孩子，就像他的小孙子塔依尔，见到甜的东西就没命了，哭着嚷着索要，不达目的决不罢休。一次儿子买回一包豆豆糖，孙子几乎整天"咯噔、咯噔"嘴里嚼着，饭都忘记吃了。

因为怕小孙子吃多了伤牙，儿媳妇就把糖放在了高高吊起的筐里。孙子便踩在凳子上，一伸手够不着，就又找来一根长长的棍子，捣也捣不下来，便一屁股坐在地上哇哇大哭起来。

如此想来，吐尔地老汉就又动了恻隐之心，看着这些孩子，就像是看着自己的孙子一样。于是顺手抓住一个孩子的手说："是不是嘴又馋了？"当那个孩子红着脸低下头时，老汉咧着豁牙笑着又说，"当心小肚子，吃撑了就会像皮球一样胀破了！"随后背着手到地里摘瓜去了。

然而孩子的欲望就像一个填不满的深坑，始终没有满足的时候，给了肩膀就要上头，今天打发走了，明天接着又来了，而且变换着花样，要么说是来拔草，要么索性直接把羊群赶到地头。说是放羊，眼睛却直勾勾地盯着地里的瓜，仿佛一群闹心的蚊子一样，赶也赶不走。这时，有些孩子已不仅仅停留于要瓜吃了，更多的则是采取"自力更生"的方式，想方设法地摸爬到瓜地，随心所欲去偷着吃了。

还是那个亚生，因为频频得手，就有些麻痹大意，最终被吐尔地老汉抓了一个现行。那天也该亚生倒霉，明明看瓜老汉那两天特别警觉，不时手搭凉棚密切关注着瓜地的动向,他却非常不合时宜地钻进瓜沟,不露馅才怪呢。关键是当时他的动作严重走形,以前他都是身子平卧在地上,两肘一撑,双脚一蹬,蜈蚣一样匍匐前行,加之瓜秧掩护,老汉很难发现。然而这次他竟然疏忽了要领,只顾将脸贴着地皮,屁股却撅得高高的,一动一动跟只鸵鸟似的,很快就被吐尔地老汉发觉了。可是老汉装作若无其事,一边躬身随意拔着羊草,一边悄无声息靠近亚生。目睹一切的其他孩子,心都提到了嗓子眼,却又不能发出提醒的信号,只得眼睁睁看着他成了老汉的"俘虏"。

而另一个孩子虽说反应灵敏,见机行事,却同样落得一个被"活捉"的下场。那天也是不凑巧,这个孩子摘到一个大西瓜,正准备溜之大吉之时,回头一看,吐尔地老汉从瓜棚里出来了。他灵机一动,急忙推倒身旁的稻草人,伸展双臂,叉开两腿,直挺挺立在那里。或许因为早上吃了不干净的东西,节骨眼上肚子突然疼了起来,他不由放下双臂,躬腰捂住肚子。一想不对,赶紧直立身子恢复原状,可肚子就是疼得揪心,他只能再次弯下腰去。

起先看瓜老汉以为看花了眼,反复几次之后就觉得不可思议。这稻草人从来都是随风左右摇晃,今天咋就像活人一样蹲下、起来,起来又蹲下呢?为了一探究竟,老汉自然又提着棒子顺藤摸瓜,这一去不要紧,那个几乎要拉在裤裆里的孩子,活生生就被吐尔地束手就擒了。

时间一晃就几十年过去了,再回到故乡,已时过境迁,物是人非。当初那些熟悉的老人一个个故去,就像看瓜的吐尔地老汉一样,长眠于东山黄土梁上。

然而让人难以释怀的瓜地却保留了下来,只不过由原先的集体所有,变作现在的个人所有。瓜地已经规模连片,绿油油、瓜满秧,站在这头望不到那头，一半是清一色的"绿花皮"，一半是光灿灿的"金皇后"，皆是遐迩闻名的西瓜和甜瓜，不仅个头硕大，口感也上乘，地地道道的绿色品种。

幸运的是瓜地的主人是塔依尔，就是当年看瓜老汉的小孙子，他一会儿一个电话，满脑子都是生意经。

再次提及我孩提时代偷瓜的趣闻轶事，塔依尔仿佛听天书一样，感到陌生而又遥远。一会儿不可思议地摇摇头，一会儿止不住畅怀大笑。正当我品尝着一牙又一牙红瓤西瓜、黄瓤甜瓜，并且交口称赞瓜甜人好的时候，随着"嘀嘀"几声喇叭响，就看见几个西装革履的外地人走下车来，一边朝这边走着，一边手指着瓜地说着什么。只听塔依尔说了声"瓜商送票子来了"，就急忙站起身，兴冲冲迎了上去。

我也站起来了，看着他们握手、问好，然后像朋友一样说笑着径直走进瓜地，不由感到欣慰和敬佩。

临产的狐狸

尔不都捕获了一只狐狸的消息，像钟声一样一会儿就传遍了全村。很快，好奇的尕娃娃们或丢下手中的碗筷，或忘了穿上鞋子，就这么三一群俩一伙地喊着、叫着，撒着欢儿向尔不都家方向急匆匆地跑去。抑或为了解脱一种孤独感，饱尝了寂寞之苦的伊斯哈，也终于抵挡不住这突如其来的诱惑，尾随着兴致极高的孩子们，蹑手蹑脚地来到了尔不都家。

尔不都家位于村子的东头，院落宽绰、显赫。开门就面对一座山，山虽无名，但牧草还算充盈，将他家那几只羊赶上山后，睡上个把钟头，也不会担心羊儿跑了、丢了。屋后有条小河，因为是上水口子，天再旱，河中也有细水长流。所以，他家的菜园子总是充满了生机，他家的饭桌上什么时候都是色、香、味俱全。

有了好的地理位置,不一定能置下好的家业,但尔不都家这两样都做到了,可以说全村只此一家,再无他人。尔不都在全村众多孩子中脱颖而出,不仅在于他出生在条件好的家庭,而更多的是靠他与生俱来的"聪明过人"和"胆大超群"。譬如,当别的小孩子整天沉醉于用尿和泥巴玩"过家家"的小儿科游戏时,他却敢去捉一条花蛇,偷偷放进教师的洗脚盆里。这不,此时此刻,尔不都又俨然一位从战场上凯旋的将军,正在孩子们的簇拥当中,绘声绘色地炫耀着自己。

"这家伙太可恶了!"他说。"它藏在齐腰深的苇子地里,头仰得高高的一动也不动,但眼睛却直勾勾盯着我们家那只小羊羔。它贼,我比它还贼。我拾起一块大石头,偷偷绕到它身后,还不等它反应过来,我就狠狠地向它砸了下去。真是的,石头就像长了眼睛一样,端端砸中了它的后腿。"说到这,尔不都不由地将脸转向狐狸,脸上分明有一种掩饰不住的骄傲。

躺在众孩子面前的,是一只我们通常所见的那种赤黄色草狐,长长的三角耳,粗壮的尾巴。大概是已经感到了绝望的缘故,它如同一堆泥似的,瘫倒在院子中央,那双浑浊的狐眼里,分明有泪在不住地往外流着。

"这狐狸体型这么大,你是怎么弄回来的?"虽说狐狸远不及狼一般凶猛,可毕竟也不是等闲之物,兔子急了还咬人呢,难怪有个小家伙要感到惊愕了。

"是呀,刚开始我也这么想。可后来看到它痛得只顾四个蹄子乱踢腾,我就不害怕了。我猛冲过去抓住它的尾巴拼命拖着往回跑,要不然我咋会满头大汗呀?"尔不都从来就不愿放过任何一个显摆自己的机会,眼下就更是如此了。

"哎呀,真不简单!"

"这才是儿子娃娃!"

在听了尔不都这一极富传奇色彩的经历之后,他在其他孩子们心目中的形象愈发高大和完美了。与此同时,他们也突然感到了一种从未有过的自豪和欣慰。因为在他们当中,毕竟有人平生第一次像一个大人一样,有了一次威震全村的伟大壮举。

作为同龄人来讲,对于尔不都的收获,伊斯哈也同样充满了敬意,尽管尔不都之前欺负过伊斯哈。不过,他却不能像别的孩子一样,无所顾忌地在尔不都面前大发感慨。由于他在大伙眼里是个孽障人家的娃娃,他得和村上的娃娃保持一定的距离。"如果我也能像他一样,那该多好啊!"他想。望着尔不都春风得意的神态,听着他侃侃而谈的腔调,默立在一旁的伊斯哈,禁不住又向尔不都投去了钦佩的目光。

"快看,狐狸要抽风了!"不知是谁突然高声叫了起来。孩子们的视线便又立刻转移到狐狸的身上。不知是因为伤痛,还是别的什么缘故,此时,这野兽还果真通体扭曲,浑身痉挛。它紧闭着双眼,嘴却大张着,随着一阵阵急促的喘息,一股淡黄的液体从嘴里流了出来。不知为什么,看到这情景,伊斯哈仿佛猛然身上被什么东西扎了一下,不由打了个颤。

"抽什么风,这是在装死!"有一个孩子仿佛看出了破绽似的,语气中充满了怀疑和愤恨。

"可不是吗,我早就听我爷爷说过,狐狸最会装了。你要是可怜它,它就会成精,害人一辈子!"等话音刚落,又有一位孩子紧接着加以证实。

这回尔不都却没有说什么,只是向狐狸走近一步,俯下身子仔细地瞧着什么。"我看呀,这畜生肯定是吃饱了撑的。要不然,它的肚子决不会这么大,而且不会这么疙里疙瘩的。"忽然,他好像是发现了新大陆一般,禁不住激动地推测。"大人都说,'狐狸再狡猾,也斗不过好猎手',我看真是一点儿不假。"尔不都说。

听了这话,起先孩子们似乎还不大相信。可后来当他们全都又低下头,认真地观察了一番之后,就不得不点头同意,从而再一次对尔不都佩服得五体投地了。尔不都说对了,狐狸的肚子的确是鼓鼓囊囊的。

于是,便有孩子开始压不住心头的怒火了,有一个孩子说:"怪不得我们家的一只老母鸡突然就不见了,原来是让它吞进了肚子!"

"对了,还有我们家一只青紫蓝兔子。"另一个孩子如梦初醒地说道。

"打死这祸害东西!"

"对,让它吃啥吐啥!"

义愤填膺的孩子们再也按捺不住了。面对这群愤怒的孩子们,狐狸好几次想爬起来,但始终没有成功。无奈,它只好怒目圆睁,用牙齿尽量咬住木棍不放,用最大的努力做着最后的痛苦挣扎。

如果说刚开始伊斯哈是怀着一种好奇心而来,那么现在他倒真有点后悔了。伊斯哈感到这样残害这只狐狸,也有些不近情理。尤其是当他看到狐狸有可能因为蒙受不白之冤,而性命难保时,他就愈发觉得再也不能袖手旁观了。

"鸡不是狐狸吃的!"伊斯哈费了很大的劲才挤到前边,用瘦小的身子挡住了狐狸。"昨天,我上茅房的时候,看见马尔里家的大黄狗,叼着一只鸡钻进了苞谷地。"他庆幸自己的这一偶然发现,否则,他只能眼睁睁地看着狐狸惨死在这帮孩子手里。

"你这是胡说,我们家的狗,可从来不吃鸡!"谁都不曾想到伊斯哈也会来这里凑热,更没有料到他竟如此胆大妄为。而那个叫马尔里的孩子,怒气就甭提有多大了。

"就是你们家大黄狗吃的鸡，我看得清清楚楚，不信我们现在就去苞谷地看有没有鸡毛！"伊斯哈不甘罢休，鼓足勇气进一步证实道。

"不是我们家的狗！"马尔里仍在辩解。

"我敢发誓保证，就是你们家的狗！"伊斯哈理直气壮。

"不是，就不是……"马尔里有点坚持不住了。

"就是他们家的狗吃了鸡又怎么样？"

"这狐狸是我们抓到手的，是死是活，与你无关，我看你还是离远一点……"

"你……你……"伊斯哈气得说不出话，眼泪一下子涌出了眼眶，他平时也曾遭到过白眼，但他都强忍了。然而今天的这种伤害对他来说，实在是太重，他觉得他就如同那只快死的狐狸，没人同情，更无人保护。"命运对我怎么这么不公！"他眼泪汪汪，一脸痛苦的表情。

"还愣着干什么？快回去帮你的妈妈好好干杂活去吧！"不知谁又喊了一声，一片笑声便又骤然而起。伊斯哈再也忍不住了，握紧拳头就要冲上去。

"你们这是在干什么呀！"随着一声男高音，从院门口走进来一个魁梧的汉子，是尔不都的父亲。

"哟，哪来的一只狐狸？"尔不都的母亲问到。

孩子们立刻便忘记了伊斯哈的存在，纷纷开始争先恐后，向尔不都的父母你一言我一语，报告着尔不都的丰功伟绩，无不充满钦佩之情。

听着孩子们的嚷嚷，尔不都的父母甚是惊讶，禁不住走上前去，睁大眼睛仔细打量着那只毛色迷人却又气息奄奄的狐狸。

"呀，这还是只母狐狸，还怀着孕狐娃子呢！"毕竟是当母亲的，一眼便发现了孩子们都不曾发现的秘密。

这一会儿，包括伊斯哈在内，在场的孩子们都怀疑自己的耳朵出了问题。但当他们又一次看到尔不都的母亲肯定地点了点头时，便不由面面相觑，窃窃私语起来。

"我就觉得这东西有点不对劲。"尔不都指着躺在地上一动不动的狐狸，异常兴奋地看着父亲。他做梦也没想到，自己轻而易举捕获的狐狸，竟怀有一肚子的狐崽子。从现在起，他觉得他就可以更自豪地说："我比大人还厉害呢，一下子就把一窝狐狸都连锅端了。"

尔不都的父亲没有吭声，他眉头一皱，便计上心来。"今天晚上，就先把它关在我们家那间空房子里。"他说，"等明天乡长从县上开会回来，送给他去处置吧。"尔不都的父亲最钦佩乡长，将猎物送给他，自然有他的用意。

此时，太阳已不知不觉落山了，顷刻间天便黑了下来，闹腾了整整一个下午的孩子们，突然间都感到饥肠辘辘。于是，纷纷涌出尔不都家院门，向自家跑去。

伊斯哈却是心情复杂，步履艰难。待回到家，母亲已吃过晚饭，到一个亲戚家去了，只有姐姐一人，饭还没有凉，但他没有心思吃饭。想着下午发生的一切，伊斯哈不仅吃不下饭，也睡不着觉，他感到委屈，也感到愤懑，为自己，更为那只可怜的狐狸。想到这，伊斯哈终于控制不住自己的情感，蒙着被子哭了起来。不知过了多长时间，他抹去泪水，悄然下炕，来到窗前，久久凝望着窗外的茫茫夜空。

就在这天夜里，村子里又发生了一件让人难以置信的事情，那只生命垂危却将要临产的狐狸，竟奇迹般一瘸一拐地逃走了。

乡 村 岁 月

　　村上的小涝坝旁有一棵大榆树,据最年长的伊斯玛子哥讲,在他很小的时候,就听他爷爷说,这棵榆树超过了百岁。那么到现在树龄到底有多长,我们几个孩子掰着指头算了一个上午,也没有得出正确的答案。因而一个个不由仰头朝树上看,树上除了一棵棵又粗又长的枝杈四处延伸,还有就是像伞一样遮天蔽日黑压压的树叶。遇到风吹大树,头顶上窸窸窣窣,仿佛筛着麦糠似的,一阵声响之后,稀稀拉拉几片树叶,鸡毛一样随风而落。

　　大榆树根深叶茂,浓荫覆盖,平常大人在树底下乘凉、聊天。孩子们如猴子般爬到树上,春天揪榆钱,夏天捋树叶,榆钱自己吃,树叶用来喂羊。等到了树上有鸟抱窝的时候,偶尔也会掏雏鸟。雏鸟刚开始眼睛都睁不开,嘴尖一点黑,两边一溜黄,红彤彤、毛茸茸,好像一个个指头蛋子,小得不能再小。即便如此,我们依旧手捧着带回家,背着大人,将雏鸟放进小纸盒子。小纸盒子还要垫上棉花团或者羊毛,看上去真的像个鸟窝。雏鸟不好养,关键是喂食相当麻烦。先要去外面土坷垃下面捉蚂蚱,尤其是那种黑亮的油蚂蚱,囫囵个雏鸟吞不下,只得掐头去尾小心喂,喂多了会撑死,喂少了长得慢。然而三分钟热度一过,我们就失去耐心,索性重新爬上大树,将雏鸟放回窝中。而且还要仔细观察,看雏鸟的父母是否弃巢而去,如果那样的话,还得另想办法,不然小鸟饿死了,担不起罪名。

大树底下是一排老式平房,靠东有两家住户,一户是懒汉吾守尔,不干活,家里孩子还多,懒汉的鞋子露出了脚趾头,脏兮兮像个癞蛤蟆,气得老婆三天两头要和他闹离婚,他依旧像死狗一样鼾声如雷,睡不醒,简直拿他没有办法。另一户夫妻都是强劳力,人又精明,小日子过得有滋有味。可惜一个炕上滚了七八年,就是生不下一男半女,着急得像热锅上的蚂蚁。于是吾守尔家的孩子,没少在邻居家蹭饭,看上去就跟亲戚一样。

村里有个醋酱房,师傅是从奇台那边请来的。实际上就是两口子,男的干粗活、累活,女的最后把关。醋酱房除了他们夫妻,别人不得入内,一旦把细菌带进去,醋酱就吃不成了。当时还离得很远,就能闻到醋酱的味道,醋的酸劲大,提精神;酱油则香醇,入肺腑。第一次酿出醋酱,全村齐出动,大人小孩一大片,在大树底下围着圆圈排队。汽水瓶子,罐头瓶子,甚至输液的葡萄糖瓶子,洗一洗都拿来了。肚子本来就没有油水,拌个凉菜,做个汤饭,如果再没有一点调味品,庄户人的日子还咋过呀。我就想还是队长有远见,那么远把匠人请来,搞一点小副业,挣点小钱不说,关键是让乡下人的生活,从此有了味道。

说到队长,我就想起一件往事。那一年村上来了知青,其中两个小伙子板凳还没坐热，就为谁睡里铺，谁睡外铺起了纠纷。先是动嘴不动手，两个人伸着脖子，公鸡一样头对头嚷嚷，唾沫星子乱飞。继而嘴里没好话，手也开始推推搡搡，最后那个叫"黄毛"的大个子知青，趁对方不留神，抄起一根扁担打了过去。说时迟那时快，队长像是从天而降，伸出胳膊挡住了扁担。知青的脑袋瓜子算是保住了，队长的胳膊却被打骨折了。不过后来队长并没有追究大个子"黄毛"的责任，而是让人扶上驴去邻村找了接骨匠"孕老汉"，上石膏、缠纱布，胳膊在胸前吊了个把月，总算没有落下后遗症。

从此知青都害怕队长，不是因为他骂人就像老子训儿子一样，而是他的从容大度和不计前嫌。譬如那个大个子"黄毛"，按理说队长总有秋后算账的一天，可是直到他最终招工，告别农村，队长也从未因"扁担事件"而找过一次他的茬。相反，队长还经常往他的宿舍钻，先是看知青下棋，后来则教他们下"方"。地上一蹲就是半天，忘了吃饭不说，脸也糊得五麻六道，每次还要自己搭配一口袋莫合烟，虽说得不偿失，他却乐此不疲。

我也喜欢去知青宿舍，一是因为有书看，二是出于画画的缘故。那时候我爱美术，先素描，后水粉画，只是因为家境贫困，不是缺颜料，就是找不到好纸张。恰巧有个知青钟情于绘画，绘画笔、颜料和纸张齐备不说，还有一个军绿色画夹，整天背在身上，一有闲工夫，打开画夹，取出纸和笔，要么对景写生，要么看人素描，那个架势真像一个大画家，令人艳羡。

因为有了纸和颜料，我的绘画兴致极高，先铅笔打底，后上色渲染。包括山水风景、人物建筑，临摹的多，创作的少。不过水平不算低，索要者为数不少。特别是长条松鹤图，松树浓墨重彩，丹顶鹤细致勾勒，加之岩石突兀，云彩变幻，整个画面搭配合理，疏密有致，画的作品都被人要走了，一时在村里洛阳纸贵，小有名气。

除了绘画，我还是一个篮球迷。个子虽然不高，却总想在篮球场上一显身手，只是机会太少，不要说上场参战，连摸一把篮球的机会都不多。常常是大人们打球，而我们充当看客，村队之间比赛时，只能替大人抱衣服、看东西，就连当个板凳队员的资格也没有。

出了村上大院子，就是一个篮球场，虽说是土场子，却很平整。篮球架子是村上木匠按标准做的，白底黑边，篮板中间有个方形图案，黄篮筐，白篮网。遇到正式比赛，篮球场不但要用石灰画边线，还要将中线和罚篮区标注清楚。白克力和塔伊尔是球队主力，一上场一个总喜欢说"不要着急"，一个立刻回应"知道了"，不但两人的配合默契，球技也出色，打一场赢一场，令别人甘拜下风。

我们总是在大人们休息的时候，过一把篮球瘾。运球、三大步、投篮，打不了全场，就分开打半场，简直就像过节一样，高兴得自家的羊把别人家的麦苗吃了都不知道。然而好景不长，不是大人们要继续操练，而把我们清出了场，就是"矮个子"力提普要回家，顺带把球带走。我们低三下四央求他，一再保证说，打完篮球后就立马把球送到他家。可力提普根本不听这一套，一手将上衣搭在肩膀上，一手托举着篮球，屁股一扭一扭，头也不回地走了。最为可气的是，他一边走，还一边抬起一条腿"咚咚"放响屁，就跟炸弹似的，震动很大，我们就背后说他坏话。"这么小气，等我长大了，一次买十个篮球在他眼前晃！"不知谁这么自我一安慰，我们都笑着觉得心里平衡了。

经过篮球场往上一拐，就是村上的马号。说是马号，其实还有牛棚和羊圈。马号是长长一溜昏暗的黄泥土房子，前边是门，后边墙上有几个洞口。一是排潮气，二是清马粪。积攒了一冬天的马粪，铲成一堆一堆，然后由壮劳力从那些洞口清出去，运到田里去，是上好的肥料。牛棚四周是干打垒土墙,横竖放几根长木头和椽子,就把诸如玉米秆、苜蓿和从米泉三道坝拉来的稻草堆积如山,不但抵挡了风霜雨雪,也为冬季牲畜的草料做好了准备。

羊圈就和牛棚紧挨着,放羊的是一个戴眼镜的下放干部。因为羊倌是南方人,加之又是在城里坐惯办公室的,哪里和羊群打过交道。刚开始总是顾头顾不了尾,让羊群像一盘散沙,聚拢不到一起,而且他还闻不惯羊圈里的膻腥味,即便是烈日当头的三伏天,也要戴着口罩,有时候捂得气都上不来。

然而时间一长,戴眼镜的羊倌就和羊群打成一片了。不但知道哪里水草肥美,还能辨别出什么是三瓣野苜蓿,从而确保没有一只羊被胀死。为了叫起来方便,羊倌给每一只羊编了号起了名,只要他一叫,羊就非常听话地走到他身边,闻闻这,嗅嗅那。而他也从不让羊失望,要么一块糖,要么一粒盐,要么吃剩的半块饼干,羊儿吃进嘴里,他就喜在心上。所以羊倌不敢轻易走进羊圈,否则就像投降似的,两手举得高高才行,因为羊儿都嘴馋,一股脑围上来,羊倌有些招架不住。

心　愿

　　刚满十五岁的哈力克，已说不清他是第几次踏上这崎岖的山路了。他只记得，那个身体结实得像石头一样的白胡子老爷爷曾经说过："如果吃了用花椒水煮过的呱呱鸡肉，母亲的病情就会逐渐好转。"从那时起，他就悄悄地开始攀爬这座耸立在屋后的大山了。

　　夏天的时候，为了让自己患有气管炎的父亲有机会在家里多歇一阵儿，哈力克不知多少次在这里放牧过羊群。对于这座山，我们的哈力克可以说是了如指掌。因而，每当他去接替父亲的时候，也就用不着父亲再三叮嘱："我说，哈力克，你可不能把羊群赶到那个山坡上去，吃了野苜蓿，羊一个个都会胀死的。要记住，酥油草都喜欢长在山的那边，如果你把羊群赶过去，准保它们高兴得咩咩叫呢?"当然,在山上放羊,可不都像在诗画中所反映的那样悠闲、自在,令人神往不已。如果遇到羊群撒野的时候,你的牧鞭就是甩得再响,也是无济于事的。为了这,哈力克也不知暗自流过多少次眼泪呢? 尽管如此,他还是愿意在放学之后立刻拿起一块干馍,把父亲替换回来。在他们这个家里,除了母亲之外,也只有他最能体谅父亲由于病痛而气喘咳嗽的心里是什么滋味。所以,只要能减轻一点父亲的负担,不管困难再大,他都是可以去克服的。可是,尽管他做出了许许多多的牺牲,一个可怕而又无法躲避的晴天霹雳,还是在他小小的脑海里爆炸了。由于病情的恶化,可怜而又可亲的父亲,终于在一个细雨霏霏的黄昏时分,离开了他和他慈爱的母亲,每每提及这些事情,左邻右舍都无不为之而感到惋惜。

父亲是在两年前的夏天故去的。走在冰天雪地里的哈力克,却总是觉得这不幸好像昨日才刚刚发生似的。他的心中不由地感到一阵阵悲哀和不安。一个家庭失去了顶梁之柱,那情景是可想而知的。也许正是因为没有了父亲,哈力克才变得这样懂事、成熟,从而更加体贴和敬爱体弱多病的母亲。否则,他怎么会迎着凛冽的寒风,如此不止一次地踏上这崎岖而又坎坷的山路呢?

这里刚刚下过一场大雪,乍一看去,仿佛是置身在一个银色的世界,漫山遍野尽是白茫茫的一片。生活在山区的人都知道,只有在这样的时刻,那些敏捷而又漂亮的呱呱鸡,由于无食可觅,才不得不提心吊胆地去向人们设下的撒满诱饵的绊扣一步步移动。在这种情况下,只要不乏耐心,保准你会不虚此行。此时此刻的哈力克,多么希望自己能够成功啊!然后,他将提着自己捕获的猎物,突然出现在卧床不起的母亲面前,使她惊喜万分、欢愉不已。那情景一定是非常开心的,令人终身难以忘怀。想到这里,哈力克不禁又加快了步伐。当然,由于积雪埋没了道路,尽管他穿着一双小毡筒，也是免不了要时不时地跌上几跤，但他毫不顾及这些，摔倒了，很快又爬起来，胡乱拍打一下粘在身上的雪片，又继续向前走去。在他的身后，很快便留下了一串串挨得很近的小脚印和一个个摔倒时留下的不同形状的雪坑。

这个时候，太阳已经开始偏西了。大山的背面留下了一大片一大片的阴影，给人一种阴森暗然的感觉，哈力克必须尽快赶到山的阳面，他的绊扣就设在那边一个避风的石墙底下。然而，当哈力克大汗淋漓地赶到这里之时，他不得不紧紧地皱起眉头，重重地叹了口气，也许是由于猎物心切的缘故，哈力克竟忘了事先考虑自己的绊扣是否已被大雪埋没。也就在这个时候，他突然听到了一种十分熟悉而极富有诱惑力的声音。他禁不住习惯性地循声望去，啊，那不是吗，在离他不远的山坡上，一只丰满而又艳丽的雄鸡，正站在一块石头上面引颈啼叫呢。在它的身后，聚集着足有三十几只饥肠辘辘的呱呱鸡。这实在是一个不可多得的大好时机，一旦错过了，会悔恨莫及。刚刚还有些垂头丧气的哈力克，顿时又心花怒放了。他急忙扒开埋住绊扣的积雪，重新整理好一个个小小的扣环，接着，又从挎包里掏出一捧捧细碎的麦秸撒在上面。等这些准备工作就绪之后，哈力克屏住气，小心翼翼地向那群呱呱鸡的身后一步步地挪动。

你可别小看这些小小的生灵，尽管它们早已到了饥不择食的地步，然而却丝毫不会放松高度的警惕性，这种警惕性对于以狡诈而著称的狐狸来说，也是可望而不可即的。只要稍有风吹草动，即刻就如同惊弓之鸟，一个个伸着细长的脖颈，在雄鸡的率领之下，迈着细碎而又轻快的步子，急速向山坡跑去。尔后，随着一阵"扑啦啦"的响声便高飞远走，令你仰天长叹，束手无策。哈力克深知这一点，因而他的脚步放得极轻极慢，生怕这群使他朝思暮想的呱呱鸡，在他还没靠近之前就无影无踪了。按猎捕呱呱鸡的常规,一般都是先站在一个适当的位置,然后慢慢地将它们一步一步地向设扣的地方驱赶。当呱呱鸡快要接近绊扣之时,立刻停下来,躲在一个你可以窥视呱呱鸡的行踪,而呱呱鸡却又不能发现你的身影的地方,静静地守候。我们的哈力克也正准备这样去做。可偏偏事与愿违,正当哈力克刚刚离开绊扣没几步远,不知为什么,一只惊恐万分的野兔突然间从山坡后面蹿了出来,飞速向那群呱呱鸡的方向逃去。还没等他反应过来,那群呱呱鸡由于经不住这猝不及防的惊吓,就已是三只一伙、五个一帮地飞走了。那唾手可得的猎物,顷刻间无踪无影,世上再没有比这更让人感到惆怅的事了。

此时此刻,哈力克仿佛是丢了魂儿似的,站在半山腰一动不动。刚刚还是炯炯有神的双眼,很快就变得无一丝光彩了。大约过了二十几分钟,哈力克才渐渐从方才那种迷茫的状态之中醒悟过来。此时,太阳已不知不觉地消失在大山后面了,大片大片的晚霞仿佛炼铁炉里的火苗,正在西天边使劲地燃烧着,但我们的哈力克却丝毫也感受不到它的温暖,好像是故意跟他作对似的。这当儿,刺骨的寒风也开始伴着呼啸横冲直撞过来。哈力克禁不住把一双冻得像红萝卜似的小手放在嘴前,不住地哈气,两只穿着毡筒小脚,也由于寒冷而不由自主地在地面上磕碰起来。如果看到这幅情景,我想你一定会想起俄罗斯诗人涅克拉索夫的著名诗作《严寒,通红的鼻子》。

哈力克十分清楚,今天是不可能再捕获到呱呱鸡了,因为天很快就要黑了,没有人能在伸手不见五指的夜间独自留在这里。尽管如此,哈力克还是觉得有必要再作最后的一次努力,那就是用最快的速度立刻去找到这群令人伤神的小东西,然后再把它们赶到自己设下的绊扣附近。即使今晚它们无法看到诱饵,那么最迟翌日清晨也会就擒的。

想到这儿，哈力克急急忙忙向着呱呱鸡飞去的方向追寻过去。于是，他的脚下便发出一阵一阵的"咔嚓、咔嚓"的声音。他走得非常急促，但也十分吃力。正当他就要翻过一个不太引人注目的山坡时，一种奇怪的声响突然传入他的耳际，哈力克不由地停下脚步寻声望去。很快，他就发现两只呱呱鸡已被不知谁设下的绊扣捕获，正在那里做最后的挣扎。那奇怪的声响正是从它们那里传来的。

"除了我，难道还有人在这里设下绊扣？"哈力克感到纳闷。也许是出于好奇他禁不住又走了过去。这绊扣和他的绊扣基本相似，一根手指般粗的长绳子拴在两根钉在地下的小木桩子上，系在长绳子上的则是一个个用马尾巴搓成的小扣环，这扣环只要套住鸡爪，便能越拉越紧。当然，撒在绊扣上的不外乎也是一些切得细碎的麦秸和玉米粒。

此时此刻，哈力克无心研究这副绊扣，只是他的双眸被扣中的两只极为诱人的呱呱鸡紧紧地吸引住了。他情不自禁地俯下身子，用双手把住其中的一只呱呱鸡，贪婪地观赏起来。多么美丽的小眼睛啊，红红的、宝石般璀璨，玛瑙样晶莹；多么有趣的细长嘴哟，弯弯的，像悬月，似金钩；还有那五彩缤纷且色泽鲜明的一身羽毛，无不使哈力克如获至宝，爱不释手。他习惯性地摸了摸那膨胀着的鸡嗉子，嗬，里面尽是玉米粒。"难怪你们今天落得如此下场，原来是太贪嘴了呀！"由于兴奋，哈力克禁不住乐呵呵地自言自语起来。

可是，这捕获的猎物毕竟不是在自己的绊扣上，因而，随着一阵喜悦之后，他又很快开始忧愁起来。那么，这绊扣又会是谁设在这里的呢？为了弄清这一问题，哈力克开始观察和推测着。难怪大人们都要夸他人虽小心却很细呢，这不，没用多长时间，他就从留在雪地上的脚印得出了结果：绊扣的主人是艾克拜尔。因为在他们这个小山村里，只有艾克拜尔穿这种鞋。哈力克记得非常清楚,前些日子当艾克拜尔在乌鲁木齐工作的叔叔给他买来这双漂亮的皮鞋时,他不止一次地在小伙伴们面前炫耀过呢。

想到艾克拜尔,哈力克不得不回忆起早些时候发生的那一件极不愉快的事情。

那是在一个课后的休息时分。刚刚走出教室的男孩子们,像往常一样,用不着召集就一窝蜂似的涌向操场旁边的冰滩,滑冰的滑冰,打陀螺的打陀螺,嘻嘻哈哈好不热闹。可那天哈力克既没有走进滑冰的行列,也没有加入打陀螺的队伍。在此之前,他是最爱打陀螺的,他的陀螺玩起来可带劲了,那还是父亲生前专门用松木为他削的,样子小巧而又精致,小伙伴们都很羡慕。可惜的是在前一天陀螺突然不翼而飞了。他怎么也想不起来是在哪里丢失的,他问过许多小朋友,但都说没见过。因为丢了自己心爱的东西,哈力克也就没有心思再去滑冰了,只是呆呆地站在一边,看着别人尽情地玩耍。

就在这个时候,和他同座位的亚生江悄悄走过来,凑着他的耳朵低声告诉他,艾克拜尔正在玩着他丢失的那个陀螺。于是,他很快就来到艾克拜尔跟前,发现那个正在急速旋转仿佛静止了的陀螺正是他的。哈力克很是高兴,不由分说地就要去捡起来,但还没等他弯下身子,艾克拜尔却抢先拿到手了。哈力克只好冲着他嚷:"这是我的陀螺,你凭什么不还给我?"艾克拜尔却摆出了一副满不在乎的样子说:"我可不管你那一套,谁捡到了就归谁。"哈力克还准备同他争吵,但上课的哨子响了,他只好愤愤不平地和大家一道向教室走去。回到课堂后,他想给老师反映,但又怕影响了正常秩序,只好暂时作罢。后来,当他再和老师一道去问艾克拜尔之时,艾克拜尔却说陀螺不见了。从此,哈力克见了艾克拜尔,再也不像以前那样跟他打招呼了……

想到这里,哈力克忽地产生了一种报复的心理。根据判断,艾克拜尔离开时间不长,今天是不会再返回这里了,他打算趁着天黑把这两只呱呱鸡偷偷捎回家去。这样既可以圆满地了结自己的心愿,还能让艾克拜尔白忙活一场,真可谓一箭双雕,两全其美。哈力克仿佛是一个"智勇双全"的将领,他为自己做出的英明决策而感到得意,不由地嘴角露出一丝微笑。事不宜迟,必须立即动手。于是乎,哈力克急忙翻开套在两只呱呱鸡爪上的扣环,将它们拎在手里,然后头也不回地往家赶。

然而,事情就是如此奇怪。也不知怎么回事,没走出多远,哈力克的脚步突然开始放慢了,心中不由地感到沉重和不安起来。"回去怎么向母亲解释呢? 难道说这两只呱呱鸡是自己的绊扣捕获的吗?"尽管当时的天气很冷,但哈力克的脸上却似乎感到有点发烫了。继而,他的内心也因为自己突然间做出这个错误的决定而感到深深的愧疚。因为作为儿子,对于母亲的秉性,哈力克是再清楚不过了。

在他的印象当中,他们家的生活一直都是在贫困和忧虑之中度过的,即便有过一两次难得的欢娱,那也是好景不长,如同夜间的流萤,一线光明总是稍纵即逝,留给人的也只是一声沉重的叹息。正是有了父亲的忍辱负重和母亲的勤劳忠厚,所以这个家没有因为生活所迫,从而做出一些别人看不起的事情。譬如暗地里偷偷宰一只队里的羊,改善没有油水的生活,或者是瞒着别人,在外面干个临时工,挣上几个外快。那些年,也许是这种现象太普遍了的缘故,没有随波逐流的哈力克一家也就愈来愈引人注目了。起先,人们的议论之中无不充满了猜忌和不可思议。后来,在大伙的目光里面,流露着的则是称叹和肃然起敬。他们这种家风,在哈力克的父亲去世后,不但没有改变,反而被母亲更加发扬光大了。这一点,哈力克当然是深有体会的。记得有次他去拾柴,经过队里的仓库时,他发现在长满了盐碱的大墙拐角下边的乱草丛中,有一个巴掌大小的黑色小包。出于好奇,他过去顺手捡了起来。哈力克真是做梦也没有想到,落在他手里的竟是一个不知被什么人丢失的钱包呀。也许是钱包沉甸甸的分量,极富有诱惑力的缘故吧,哈力克禁不住打开看了起来。呈现在眼前的是十几张五元的人民币、三十多斤粮票和一沓写满潦草文字和数字的发票。这是哈力克有生以来第一次见到这么多的钞票,说实在的,他的心不由得怦怦地跳了起来。"这钱包是谁丢在这里的呢,这会儿主人一定急得快要发疯了吧?"在按捺住自己那颗因为兴奋而狂跳着的心之后,哈力克不由地这样想道。也就在此时,一个新的欲念又开始在他小小的脑海里滋长起来。他的书包可早已是破烂不堪了,现在非常急需一个新书包,眼下只要自己悄悄地从钱包里取出一张五元的人民币,这梦寐以求的愿望不就很快可以实现了吗?再说如坐针毡的失主只要看到钱包失而复得,一定会高兴得眉开眼笑。即便不久会发现少了五元钱,但由于和整数相比,这只不过是个芝麻和西瓜的关系。因而,失主最终还是要感激不尽的。想到这里,哈力克的心里也就似乎感到坦然了许多。于是,他没有再踏上去拾柴的小路,而是转过身匆匆向家里走去。

正在忙着家务的母亲,接到哈力克递过来的钱包时惊愕不已。而当哈力克向她讲明事因之后,她不由地又感到喜悦万分了。儿子是诚实的,毋庸置疑,也是信赖自己的。作为母亲,她对哈力克的要求也无非就是这些。经过母亲的一再努力,终于打听到了失主是谁。原来,公社的一位干部来这里检查工作时,不慎将钱包丢失了。他四处寻找,但无下落,仿佛热锅上的蚂蚁,此刻,这位干部真是心急火燎,坐立不安。不难想象,当母亲把钱包归还给失主时,钱包的主人会如何的激动和快乐。

那我们的哈力克又是怎么想的呢？因为手头有了五元钱，从今以后，他不再担心别人讥笑自己的旧书包了。说实在的，在他们这个小山村为数不多的适龄儿童当中，也只有哈力克的书包显得最是寒酸。只要有一线希望，我敢说，谁都不愿让这种境况继续下去。

买到新书包的哈力克，当然免不了要兴高采烈一番的。然而，当他乐滋滋地背着新书包赶回家，看到母亲那一双眼睛的时候，他才感到事情并不是他所想象的那样简单。

"告诉我，你这新书包是哪里来的？"在注视了哈力克一段时间之后，母亲这样问道，语气显得沉重而又严肃。

"在……在门市部买的。"哈力克回答说。随着心的一阵阵急跳，他的脸色也开始不自然起来。

"那么，哪来的钱？"母亲又问。"这钱……钱……"哈力克张口结舌，吞吞吐吐说不清楚。纸里毕竟包不住火，在母亲的一再追问之下，哈力克只好把事情的缘由原原本本地讲了出来。听完了哈力克的叙述，不知是因为痛楚，还是由于悔恨，母亲干瘪的嘴唇哆嗦着，深邃的目光也噙满了泪水。最出乎意料的是，母亲竟举起颤抖的手打了他一个嘴巴。在他的记忆里，母亲可是从来没动过他一指头啊。问题的严重性，终于使他清醒。他做了一件蠢事，对不起生他养他的母亲，更对不起已经死去的父亲。于是，哈力克流着泪走过去，跪在母亲面前，痛悔地说："妈妈，我错了，你惩罚我吧！"

仁慈的母亲，毕竟是宽宏大量的。她原谅了哈力克，像所有的母亲原谅自己的儿子一样。

就在这天晚上，母亲东拼西凑了五元钱，带着哈力克来到公社，让他亲手把这钱交给了那位丢钱包的干部……

是啊，这个教训实在是太令人痛悔了。想起它，就算你长了一颗石头般的心，也不得不深思反省。此刻，站立在雪地里的哈力克，思绪万千，愧疚不已。他不由得想起羸弱可怜的母亲，想起她不止一次对自己讲过的那个"很久很久以前，一个孩子因为偷了别人家的一只鸡，而后来自己也变成了一只鸡"的故事。"孩子，你可不能再干这种蠢事呀，否则，就算我死了，也不会瞑目的……"哈力克仿佛觉得母亲像是站在眼前一般谆谆地告诫着自己。如今，他最敬爱和依赖的，也只有母亲一个亲人了，作为儿子，哈力克感到无论如何也不能再令母亲伤心、流泪了。

就这样，在经过了一番激烈而又严肃的思想斗争之后，哈力克重新回转过身子，拎着那两只惶恐却又莫名其妙的呱呱鸡，再次来到艾克拜尔的绊扣跟前，按原来的样子，将扣环又重新套上了鸡爪。

天已经完全黑了下来。两手空空的哈力克，吃力而又快速地行进在回家的路上。他开始感到心情舒畅起来，因为母亲不会怪罪于他了。是的，所有的人都不会责备于他了……

都是母亲

一 双 布 鞋

当今社会,鞋的种类五花八门,应有尽有。不要说城市,即便在乡下也是每人都有好多双,春夏秋冬换着穿,不重样。尤其是那些追逐时尚和潮流的少男少女们,不但讲究款式新颖,更要注重品牌,幸福并快乐着。

回想当年,姐姐穿过的衣服妹妹接着穿,哥哥嫌小的鞋子弟弟再换上,家家如此,一点都不稀奇。

男孩子调皮闲不住,爬树、登山、沟沟洼洼乱蹿,特别费鞋。一双鞋穿不了多长时间,脚趾头就把鞋尖顶破几个洞,俗称"麻雀出窝了"。穿着一双带窟窿眼的鞋子去上学,很不好意思,就故意收缩着脚趾头,怕女生笑话,等放学回家脚就像抽筋一样,很难受,也很无奈。

当时石人沟三队有个"毛则都孜",也就是鞋匠,但只定做皮鞋,一般人家没那个条件,也就望而却步。母亲看在眼里,疼在心里,买不起鞋子,自己学着做。然而说着容易,做起来难。就见母亲一次次往邻居家跑,一个上了岁数的老奶奶,心灵手巧能剪纸;一个村妇女干部丁大妈,贤惠可亲针线活好。两个人手把手耐心体贴教母亲,母亲更是心领神会学手艺,时间不长就出徒,可以动手做出鞋了。

从此剪刀、锥子和针线不离母亲的手,让我们找来粉笔和报纸。先是让我们脱了鞋,把脚踩在纸上面,量尺寸,画大小,随后打浆糊,粘鞋模,最终剪成一个倒置的"U"字形,鞋的大概样子就算基本成型了。毕竟是穿在脚上的鞋子,磨损快,结实必须是第一位的,因而线要搓合成股。一个办法到供销社买成品线,一个办法到地里找麻秆,敲软剥皮撕成麻线,虽费工却省钱。母亲不怕麻烦,夜以继日,一门心思都用在为我们做鞋上,很专心,也很费力。

黑面白底布鞋,上面平绒,脚底白洋布,一周要留出白边,鞋底针线一定要密。关键就在纳鞋底上,先用锥子穿过去,再用大号针把线领回来,一进一出一个线疙瘩。锥子要使劲用掌往里攮,线要缠在手上用力往外拽,一攮一拽,循环往复,即便带着顶针,手指被戳的事情随时发生,母亲的手指时常被血染红了。但我们总算穿上了母亲亲自做的布鞋,特别珍惜,也特别自豪,穿在脚上,喜在心上,走在路上时不时抬脚看看鞋底,密密麻麻的线疙瘩,横平竖直、整齐划一,简直就像机器做的鞋子一样美观、上档次。左邻右舍的妇女都跷起大拇指,直夸母亲不一般呢!

一件遗憾事

都说孩子的出生日，就是母亲的受难日，因而女人生孩子，丈夫天经地义就应该守在妻子身边。然而妻子生儿子的那一天，我却没有出现在产房的门前，甚至连医院决定要给妻子做剖宫产手术，急需配偶签字的紧急关头，都只能由羸弱的母亲代劳，不能不说是一件最为遗憾的事情。

那是1985年的1月份，我正在芦草沟中学担任校长，因为临近放寒假，学校正处于期末考试最紧张、最忙碌的阶段，几乎从早到晚都没有闲暇的时候。大概10号那天，妻子突然肚子疼，而我又不在家，父亲拦了一辆拉石头的汽车，就这样让母亲和妻子急急忙忙去了最近的石化医院。等我忙完期末考试再赶到医院，已是1月13号，也就是妻子生完儿子的第二天下午，整整迟了一天半的时间，错过了人生的一个重要关口。

我像一个做错了事的孩子，低着头，红着脸，默默站在床头一动不动。妻子和母亲婆媳俩一个躺在病床上，一个坐在凳子上，一边唏嘘流泪，一边絮叨着我的不是。妻子说没有人在手术单上签字，吓坏了婆婆，不签字又不行，说急了就浑身颤抖哭成了泪人。妻子就可怜母亲，说让母亲受累又受罪，最后还是在妻子一再告诉母亲没事的情况下，母亲才战战兢兢签了字。母亲说担心妻子和孩子有个三长两短，责任担当不起，即便儿媳再三鼓励，依旧觉得那支笔就像一块大石头，分量太重了，几乎拿不起。

然而当护士把儿子抱过来的时候，一切都烟消云散，不但我喜上眉梢，一声声喊着"儿子，儿子，快让爸爸抱抱！"妻子和母亲也随之判若两人，一起盯着我和孩子，如释重负，破涕为笑了。

所以当三十年以后，当儿子也准备当父亲，而我要迎来自己孙子出生的关键时刻，我就下定决心，不再留下遗憾，一天三次见缝插针地赶到医院,和亲人们一起守候在产房门口,焦急地等待,热切地期盼,不停地张望,只要听到有哭声,就以为是孙子出生了。最终功夫不负有心人,总算在第一时间迎接到了孙子来到这个世界。说真的,当医护人员和儿子推着病床从产房出来,激动又高兴的我,不但心"怦怦"跳得厉害,两眼也在刹那间一片湿润了。

一 次 偶 然

在过去,男主外、女主内似乎约定俗成。而女人打理家务,除了做饭、看孩子,缝缝补补是最起码,也最不可或缺的一件重要事情。所以古人孟郊就有这样的诗句流传至今:"慈母手中线,游子身上衣。临行密密缝,意恐迟迟归。谁言寸草心,报得三春晖。"可见针线活在一个家庭的特殊作用。这一点,在母亲身上得到充分体现,在岳母那里更是发挥得淋漓尽致。

我们家5个孩子,针头线脑的事情不算少,而岳母家8个孩子,针线活更是从早做到晚。因为是在一个队上,啥时候到妻子家,都看到岳母坐在缝纫机前,戴一副老花镜,不是裁裁剪剪,就是缝缝补补,就像一个老裁缝,手不离米尺,脚不离缝纫机踏板,一年四季总有一堆干不完的活。实际上岳母就是一个好裁缝,不但承担了全家大小拆洗、修补和缝纫新衣裤的重任,左邻右舍上门来也是有求必应,且从不收费。那时候孩子比较费裤子,一个是膝盖,一个是臀部,找了合适的布料配上,再一圈一圈走针线,布料一个颜色,缝线又是一个颜色,就像学校画好线的运动场跑道一样,色彩鲜明、做工细致,且又结实耐穿成了一种时髦,所以至今很多人记得岳母的好。

随着社会进步，生活节奏加快，服装成品化已成为一种趋势。批发、零售、定做，很方便也很实惠，省了心也节约了时间，解放了生产力。即便干洗一下衣服，裤腿锁个边，都不用亲自动手了，甚至不用出门就可以从网上购置东西了，这的确在以前让人想都不敢想。

然而事情也并非全都如此。就在那一天，一个偶然的机会，我突然发现一个女士，不慌不忙从挎包里拿出茶杯，放到桌子上，又不动声色地戴上眼镜，脱下大衣，拿出针线，聚精会神地缝纫起了一枚纽扣。这位女士就坐在我身边，而那也是一个开会前的等待时间。一些男士在过道吞云吐雾，一些人在聊天，一些人在玩微信，而她忙里偷闲，见缝插针，就这样专心致志缝着她的大衣纽扣。"想不到书记也会做针线活？"我有些好奇，很是吃惊地问她。她抬头看了我一眼，莞尔一笑："举手之劳的事情，做一件是一件！"随后又低下头，一针一线缝起了纽扣。那天她一袭工装，面带微笑，脖子上的那条红围巾，特别鲜艳。而她戴一副眼镜做女红的淡然神态就像一首春天的赞美诗，在我的心头掀起波澜。

怀念一匹马

那一天我们去石人沟踏青，按惯例沿着一条山路边走边看。天山脚下，春暖花开、坡缓草青，马牛羊像游动的风景，不时冲击着我们的视野。到了红豆草山梁拐弯地，就见一条清亮的小溪从山坳"叮叮咚咚"流下来，到了一个涵洞前，形成不大不小一片水洼，成了牲畜固定的饮水点。正是上午饥渴的当儿，牲畜们有的在低头喝着水，有的卧在山坡悠然反刍，有的却在撒着欢儿相互追逐。

转着圈从这个山头一溜烟跑向另一个山头的，自然是那一群自由自在的马，有大马，也有一脸萌相的小马驹。绝大多数马是在被动奔跑，只有两三匹马是在主动追逐，一匹枣红、一匹雪青，还有一匹一素黑。其中枣红马和雪青马似乎有积怨，咧着嘴撕咬，尥着蹶子蹬踏，粗大的喘气声,像风箱一样在山谷回荡。而那匹一素黑马,充当着帮腔的角色,一会儿蹭蹭枣红马,一会儿顶顶雪青马,一会儿见缝插针,身子一跃挤入两匹马中间,打着响鼻,摇头晃尾,好像在劝和,又似在警告,反正急速奔跑的马群速度开始有所减缓,尤其是那几匹裹挟其中无缘无故陪跑的骒马,总算如释重负,四散开来,重新又和落伍的马驹儿团聚了。

看到这样热烈生动的场面,一向喜欢捕捉原生态镜头的我,急忙掏出手机走下路基,兴冲冲顺着山坡向马群迎面而去。刚刚松弛下来的马群,本打算过山路、走坡道,去往牧草丰美的高山草场。然而猛然间看到一个陌生人,径直大摇大摆迎上来,齐刷刷回过头,向着反方向也就是狭长的沟底"呼啦啦"地涌动。不曾想,就在我准备加快步伐,沿着一条捷径拦挡马群之时,还是那匹枣红马,突然再次爆发,重蹈覆辙,上演了一场更加激烈的追逐游戏。不过不是向马群去往的沟底,而是绕了一个圈,急忙再掉转头,一边撕咬着雪青马的屁股,一边放开四蹄,冲着我杀气腾腾地追赶过来。

没有一点思想准备的我,被这突如其来的情况震住了。先是脑子一片空白,继而身子有些发抖,心想如此快速蛮力的一匹强悍之马,不,实际上是一前一后两匹发疯一般的高头大马,就这样一下子横冲直撞过来,自己将会无路可逃,后果也一定不堪设想。可是,就在这千钧一发的危急时刻,那两匹忘乎所以、如山一样即将到来的烈马,鬼使神差般地竖起前蹄,头一甩,嘶鸣着扭转身子,掉过头原路火速返回了。事后同行的朋友惊叹不已,称赞说还是我经验丰富,临危不乱,紧要关头以"静"制"动",避免了一场无辜伤害。看来不跑是对的,就像小时候被狗追咬,情急之中急忙原地蹲下,狗以为你在捡石头,就会回转身跑开。马也一样,一般不伤害静物,哪怕是人,你不动,它也不主动攻击。

如此虚惊一场，说到底与爱马、想马有关。毕竟是在农村生活过，放过羊、与牛相伴、亲近马都是再寻常不过的事情。羊是养家糊口的基本要素，谁家没有三五只羊，日子就很难打发。而牛是村队重要的生产资料，因而叫作耕牛，冬天用料精心伺候，到了春种秋收，牛的作用无法替代，偷盗或者滥宰耕牛者，是要被严重判刑的。实际上马最辛劳，一年四季没有闲暇时刻，耕地的时候，牛不够用了，马就可以上，拉犁、耙地，有劲、实用。到了旱地梁拉麦捆子的时候，一辆车四匹马，从早到晚安生不下来。即便是秋日打场，最早都是马拉着一个个沉重的石碾子，"咕噜咕噜"带着响声，周而复始围着麦场转了一圈又一圈，直到金灿灿的麦子装进麻袋拉入仓库，一个阶段的劳作才算收尾。可是紧接着又要去拉煤了，那是冬天老百姓最大的期盼，耽搁不起。煤矿在山背后，冬天白天时长短，起得迟了，赶回来太阳就落山了。马必须早早套车，好去排队等煤出井，鸡叫头遍的时候马车就上路了，而且马掌都要事先钉好，不然马在结满冰溜子的路上滑倒了，损失就大了。实际上跑运输、搞副业也要靠马车，一个是在山上撬了石头，运到城里的工地，一年下来社员可以分到一点红利；另一个是干工程，人和马都住在那里，而且住的时间越长，人们越觉得有指望，因为回来得早了意味着活就干完了，那样坐吃山空的话，口袋过不了几日就瘪下去了。

　　马是大头牲，不像羊，可以养一大群，一个生产队能有十来匹马，就算不错。一两匹公马，大多数是骒马，一年生几匹马驹子，循环轮转，过不了几年，套车卖力气就不成问题了。马无夜草不肥，槽中无料力衰。所谓夜草，不是将杂草简单粗放，而是最好将苜蓿和稻草，用铡刀铡成一截一截，长草短喂，马吃了才舒服。而"槽中料"就是精贵的玉米、麸皮和油渣，隔三岔五调剂一下，马身上才有劲。当然，马槽还要定期放些疙瘩盐，这样马的耐力和抵抗力都有了,用起来就省心。

在农村,不管什么时节,杂七杂八的活都离不开马,马是农民不可或缺的好帮手。而在一个家庭拥有一匹好马,有可能会成为一种永久的念想。我家这匹马,一开始是被当作父亲的坐骑牵到我家的。后来因为马太出众,生产队又急需一匹考虑长远、繁衍后代的优良种马,而父亲也因伤寒卧床不起,导致马匹无人照料,最终被队上看中,从此离开父亲和我家。

这匹马是从遥远的伊犁昭苏运回来的。头长,脖子长,身子也长。全身除了眼白、嘴唇和眉心有一点白色,通体乌黑发亮,尤其是四条腿,长而结实,奔跑起来虎虎生风,快如一道黑色的闪电。马鬃稠密,齐刷刷端着,像毛刷子似的摸上去扎手。尾巴简直就是一个大扫把,长长的垂在身后,来回一甩动,发出"嗖嗖"的响动,苍蝇飞虫不敢接近。

随马而至的还有马鞍子、马笼头和一副精致的马鞭子。生马不好骑,驯马靠本事。马刚到我家的前几天父亲不上马,而是牵着房前屋后溜达,就有人开玩笑说:"热书记不会骑车子,更怕坐摩托,这会儿咋连马背也不敢上了?"父亲先是大队长,后又是村支部书记,一干好多年,一直靠两条腿走路,现在配了一匹马,是为了照顾父亲。父亲摸不准马脾气,不好轻易骑上去,一连几天引来不少围观者,一个老车户素以驯马匠人著称,二话不说接过父亲的马缰绳,跃跃欲试往马身上跳。马一受惊,猛地向前一跃,缰绳就把车户摔了一个趴匍子。车户脸一红,从地上翻起身,嘴里一边"咦咦"叫着,一边再次拉住缰绳,伺机上马。经过一番努力,车户这一次总算骑在了马背上,可是马连跳带蹦,连跑带甩,冷不防腾空一跃而起,接着又突然猛地摇晃了一下身子,车户就像口袋一样从马身上栽了下来。

人们一片惊呼,围上去看车户的狼狈相,而马则仰着头,高抬着蹄子,头也不回地回到了我家院子。之后几日，父亲依旧不上马，而是换了一种方式，由遛马变成一边抚摸、抠痒、刷毛，一边给马喂苞谷粒、盐巴或者糖果等。被父亲唤作"乌鸡黑"的这匹性子大的马，也由一开始父亲一接近就不停磕蹄子、打响鼻、扭动身体，慢慢变得听话了、顺从了，一看父亲过来，主动嘴凑上去，舔舐父亲藏着吃喂的手。

包括那位车户在内，很多人不相信父亲能在那么短的时间就驯服了一匹性子刚烈的伊犁马。从此这匹马不但驮着父亲深入田间地头、山梁沟谷，跑项目、找资金、盼收成，和村民一起同甘共苦、休戚与共，把自己的美好年华无私无怨地献给了一个叫作芦草沟二大队的地方。我经常听人们这样描述：远远看到一匹高头黑马走过来，就知道是我们的热书记来了。"乌鸡黑"是一匹走马，什么时候都是一路小跑，自行车追不上，高兴了和摩托车也有得一拼。可是我们没有看见过父亲用鞭子抽马，鞭子拿在手上几乎就成了一种摆设，即便有时需要马加快速度，马鞭子也只是举在头顶上挥一挥，假装吓唬吓唬，从来不会落在马身上。

父亲骑着"乌鸡黑"不但相安无事，即使是驮着我们，马也乖顺得像只绵羊，听从调遣，从不担心从马背上掉下来。一次父亲临时有急事坐车去米泉，而马又需要有一个人顺道骑回去，正在着急之时，以前曾是我的同学，当时又是前后邻居，后来成为父亲的儿媳妇、我妻子的她，恰好从父亲身边经过，父亲就叫住这个从小见了老鼠都会又跳又喊的年轻女邻居，把骑马回家这个艰巨的任务交给了她。后来我才听妻子回忆说，当时她左右为难，吓得两腿打颤，却又不好违背我父亲的意志，无奈中只好诚惶诚恐地第一次艰难上马，怀着一颗忐忑不安的心往回走。一开始马很顺从，过了一会儿开始小跑，而且没有放慢步伐的意思，她使劲拉住缰绳，嘴里效仿着大人不停地喊着"喔、喔"的口令，可马根本不予理会，依旧按照自己的节奏一路小跑,路上碰到个熟人,一闪而过,连打招呼都顾不上,搞得人家一头雾水。最后总算平安回到家了,可年少的妻子也出了一身冷汗。

有一次马腿突然瘸了,父亲急得吃不下饭,一脸愁容。然而就是找不出原因,情急之下,找来铁匠取下马掌,这才发现有一颗马掌钉子扎进了肉里,淤了血,化了脓,又赶紧叫了乡村医生,止血、包扎,一连多日精心养护。父亲雷打不动每天两次检查马的伤情,一边看一边像拨浪鼓一样摇头,口中也发出"吱吱"的叫声,满满的都是心疼和懊悔,就像自己的孩子病了似的,心里难受。

还有一次是"乌鸡黑"病了,脊背上突然凸起一个肿块,不能上马鞍子,看见马鞍子,马本能地原地打转,一反常态的情绪有点失控。父亲以前听村上兽医讲过,遇到这种情况最好的办法是放血。眼见马不停地跳腾,因不想吃草料,不几日肋条都一根一根露出来了,而且眼睛也深陷了下去。父亲就找出一把刀子,在磨石上磨了一磨,一步一步接近"乌鸡黑",一咬牙朝马背捅了一刀。随着马的一声尖叫和一跃而起,马背上鲜血直流,看着瘆人。然而"乌鸡黑"却一天天好了起来,胃口大开,身体恢复,步伐更快,真正成了我家的一分子,依旧早上驮着父亲去村上,晚上伴着夕阳回家来,偶尔晚上随着狗叫声,打一两个响鼻。

马一天天好起来,可父亲却因为伤寒躺在床上了,整整一个冬天卧床不起。可他的心思却离不开"乌鸡黑",它的吃喝,它的冷暖,有时甚至比父亲自己还重要。哪怕是半夜三更,他也会突然睁开眼睛对母亲说:"让孩子出去看一眼,马身子下边干还是湿?"三九天寒风刺骨,马身子下面潮湿,很容易得病,自己是病人,反而担心马不要得病。这个时候母亲就会这样回答父亲:"今天临睡前,刚把圈里的湿粪铲了,重新换了干炉灰呢!"

家里白养着一匹马,总归不是一件事,再说父亲的病一时半会好不了，即使有所好转，骑马恐怕也费劲。还不如牵到马号和队上那些马养在一起，等以后自己的病彻底好了，拉回来接着骑。不然，就归队上统一管理，或套车、或耕地、或当种马，为繁衍后代壮大集体经济，做出"乌鸡黑"应有的一份贡献。这是父亲的意愿，也是父亲这匹马最后的归宿。

父亲·母亲·我

父 亲 的 手

看着父亲这双手,我的心战栗着,止不住长时间战栗着。

这手背,粗粝如一块榆树皮,不知从什么时候开始,已积上了一层厚厚的陈垢;这手掌,干涸似一条死河床,也不知从何时起,出现了一道道深深的裂口。

这是一双饱经风霜的手,它记录着岁月的交替更新,生活的悲欢离合;这是一双历经磨难的手,它所创造和给予的很多,很多,而自己得到和享有的却很少,很少。

因为有了这双手,我们像小鸟一样有了一个温暖的家。然后又像小树一样，在这双手的精心呵护下，一天天茁壮成长。因为有了这双手，我从一个放羊娃，梦幻般走进大学的校园。如今自己的孩子也青出于蓝而胜于蓝，上了大学，成了研究生，像当年父亲一样，我也不由潸然泪下……

作为儿子，我要赞美这双手，因为它勤劳、坚韧。看着它，我想到骆驼的忍辱负重、耕牛的俯首甘为，还有那山的巍峨、海的壮阔……

谁能不说这是一双披荆斩棘的手？谁又能否认这是一双改天换地的手？

如今，虽说父亲已离我们而去，但父亲的这双手却永远留在了我的心里。

啊，那一双双父亲们的手！

母 亲 的 爱

人们都说，儿女的出生日意味着母亲的受难日。分娩，给母亲造成的痛苦那是刻骨铭心的。然而，当又一个新的生命呱呱坠地之时，母亲脸上所露出的那种如释重负的微笑，却使人终生难以忘怀。

母亲把你安放在摇床里，就像凝视自己的生命一样，双眸一刻也不愿意离开你的面庞。直到你在她"唉唻，唉唻"的摇篮曲声中进入梦乡，她才恋恋不舍去小憩片刻。

你开始咿呀学语了，樱桃般的小口叫着"妈妈，妈妈！"听到这叫声，母亲笑了，眼里流淌着泪水，心里却像饮了一杯醇美的蜜酒。那种甜滋滋的感觉是无法用语言来形容的。

你又在蹒跚学步了。跌倒了，又站起来，就像一只小羊羔，羸弱却又执着。看着这情景,母亲又笑了,这是疼爱的笑,这是充满希望的笑。

你要上学了,母亲微笑着去为你准备书包。

你要工作了,母亲微笑着去为你收拾行囊。

这微笑一直伴着你成家立业。

这微笑一直伴着你也有了儿女。

这微笑一直伴着她度过一生……

啊,朋友!我要说这微笑就是崇高而又无私的母爱,就是神圣而又博大的母爱!

我们亲爱的祖国,就像生我们养我们的母亲,虽饱经沧桑却是我们永远的依靠和力量。那么,谁亵渎和背叛这种母爱,就意味着谁心中没有我们的祖国。

我 的 歌

我是农民的后代,从小在乡下长大。我的生活不能没有坎土曼拓荒的挥汗如雨,也少不了赶着毛驴车上巴扎的讨价和吆喝。当然,惬意的时候,我也会舒展双臂,踩着纳格拉鼓点,跳上一段欢快的麦西来甫。

因为我年轻,我喜欢劳作后沿着林荫小路,追踪心爱姑娘的情影。爱美之心人皆有之,多瞧一眼美丽的姑娘就像尝了一口哈密瓜,一天的劳顿就像小鸟一样飞走了。

因为我有力量,我愿意趁早担起家庭的重负。把舒适和安逸留给长者,是我的责任,也是一种积极向上的人生态度。

我坚信知识改变命运,因而我把读书看成精神享受。像一只不知疲倦的书虫,我时常穿梭于一个个书店,一本一本啃着书籍,就觉得心里头非常充实。

　　我盼望着农村和城市,就这样一天天缩短距离。就像从前都是乡下人羡慕城里的楼房,如今则是城里人迷上了农家乐一样,呼吸新鲜空气、品尝家常特色饭成了一种时尚。

　　我更是期待有那么一天,坐在家里遥控着地里的庄稼五谷丰登,放着音乐伴随着圈里的牛羊膘肥体壮。点击鼠标,就能掌握世界市场行情,让订单像雪片一样飞向每一家农户。

　　我是农民的后代,从小在乡下长大。我爱家乡的一草一木,更爱它的主人——家乡的父老乡亲。

都 是 朋 友

　　儿子喜欢小动物,到了乡下,总爱往山上跑,这让我们很担心。山上有蛇,毒性大,不小心碰上了,跑都来不及。儿子却安慰我们说,他手里拿着棍子,一边走,一边打草惊蛇。如果真的遇上蛇了,他也不害怕。因为他是学校足球健儿,速度跟专业队球员一样,脚下一提速,蛇连屁都闻不上。

　　有没有碰到过蛇,我们不清楚。倒是时不时带回来一些小虫子,会飞的蚂蚱、滚粪团的屎壳郎,还有紧要关头丢下尾巴逃生的壁虎,妻子就叨叨:"不怕蛇咬,也不嫌虫子脏啊,快拿出去扔了,恶心死了。"儿子费心巴力弄回来的东西,咋能说扔就扔了,只是由捧在手里转为存放在瓶罐之中,等回城时偷偷塞进背包,掩人耳目。

不听老人言,吃亏在眼前。一次回爷爷家,儿子高高兴兴跑出去,不大一会儿,鼻青脸肿地缩回来了。问及原因是被蜜蜂蜇了。我出去一看,蜂窝就在路边桥下涵洞里,显然蜂窝被捣毁了,四处都是残留物,而蜜蜂一点都没有放弃的意思,飞进飞出,"嗡嗡"的声音像直升机似的,让人不敢靠近。再看儿子的额头、面颊,好几处都起了红包,狼狈不堪。

后来虽不再轻易捉这逮那,可迷恋小动物的秉性还是很难改变。先是要我们买一个鸟笼子,再配一对虎皮鹦鹉,挂在阳台晾衣竿上,观其行,听其鸣。美其名曰在完成家庭作业,心思却总是在鹦鹉身上。续水、添食,或者清除鸟粪,能干的活他都干了,不再让我们操心。甚至有几次再到爷爷家,他索性提着鸟笼子,让老人看新鲜。爷爷就开玩笑说:"电视上都是老人在遛鸟,轮到我们家却是孙子提着鸟笼子,莫非你也是个小老头啊!"

后来不知怎么搞的,鸟笼子的小门突然开了,一只鹦鹉跑了出来,翅膀扑棱棱一扇打,就从敞开的窗户飞走了。落单的那只鹦鹉,从此萎靡不振,没有心思吃喝,也不再鸣叫,仿佛被遗弃的孤儿,一副可怜兮兮的样子,不免起了恻隐之心。后来又去买了一只鹦鹉,品种和颜色都接近一致,但很难达到最初的亲密、和谐。有时还要争斗,叽叽喳喳,跳上跳下,搞得羽毛都掉了,在空中乱飞。妻子怀疑异性相吸,同性相斥缘故所致,最后眼看着一笼不容"二鸟",就干脆打开笼子,将鹦鹉放生了。

因室内干燥,容易上火,儿子就又动员我们养鱼。一则可以观赏,二则增加屋内湿度。于是买了小鱼缸和五六条鱼儿,红白黄黑四种,在鱼缸里游来游去,屋内有了动感和生气。然而时间不长,红白黄三种鱼都先后翻了白肚,漂在水上面。只有那条黑鱼,摇着尾巴,嘴一张一张,瞪着眼睛坚守着。我以为先前那几条鱼,可能是儿子一时疏忽,耽误了喂鱼,饿死的。从而一日三餐，按时按点，将最后一条黑鱼一顿不差供养着。同样好景不长，一个月之后，那条黑鱼也在没有任何先兆的情况下，悄无声息离开了我们。

于是再买鱼儿，把大的放进鱼缸，小的养在圆状透明玻璃花瓶里。可是依旧天有不测风云，先是花瓶里的小鱼相继死亡，随后像传染病似的，鱼缸里的鱼也无一幸免，一条不剩地死了。我们就分析，花瓶里的鱼是缺氧所致，而鱼缸里的鱼是得病而死。后来经行家点拨，才知道鱼儿没有饿死的，只有撑死的。我们那些鱼之所以没有活下来，很大程度上是鱼食喂得太多了。

一天儿子去他小舅那里，正好看见小舅要把一只雪橇犬送人。雪橇犬个头大，富有耐力，而且长得有点像狼。以前在电视里看到过，雪原茫茫无垠，七八只雪橇犬拉着爬犁，长途奔驰，不达目的丝毫不会松懈，真正意义上算是人类的忠实朋友。儿子告诉我，小舅的那只雪橇犬是别人送给他的，现在他又要转送给朋友。虽说只有短短几天，雪橇犬就和他形影不离，这一点儿子也有切身感受。刚一见面，它就摇着尾巴，立着前爪，仿佛站起来一样和儿子亲热，如同久违的亲人有一种相互拥抱的感觉。而到了小舅相约的地方，突然看到一个陌生人等候在那里，本来跟着一起下车的雪橇犬，就跟有了预感似的，扭头往车里钻。好不容易拉出来，关上车门，雪橇犬就开始围着车子转圈，让小舅的朋友无法靠近。见小舅把绳子递给朋友，自己钻进了车子，雪橇犬转而拽着绳子向儿子求救。身子一扑一扑，双目直盯着儿子的眼睛，儿子看着不忍心，却也只能拉开车门钻进去。雪橇犬依旧不离不弃，拽着绳子，扑着身子，头一伸一伸向前冲，直到车子跑远，不见踪影……后来儿子告诉我，那只雪橇犬太通人性了，即使再不情愿随他人而去，也不会"原形毕露"而伤及别人。"那一刻，差一点我的眼泪也下来了！"儿子说。

　　时间不长，女儿又神不知鬼不觉弄来一只小宠物狗，跟一只猫一样，小小的、白白的，蜷卧在那里，仿佛一团棉花，软绵绵的。女儿先用温水给小狗洗澡，擦干后还喷了香水，随后床上铺了小棉毯子，甚至包括一个小枕头，算是给小狗营造了一个小环境，很温馨、极舒适，比她小时候睡觉的床铺好多了。那么小的一点东西，声音也细小，活脱脱就是一只小白猫。狗食吃得很少，却像打喷嚏一样，不停地咳嗽，我和妻子都猜测小家伙有病，或者肠胃不好，不治疗挺不过去。那天女儿不在家，我和妻子正在休息，就听得脚底下有微弱的声音在叫，抬起头一瞧，原来是宠物狗在叫。我就让妻子也起来，看小东西究竟要干什么，妻子不起来也罢了，一看到妻子坐起身子，宠物狗仿佛见到救命稻草，伸着脖子朝她"汪汪汪"一声一声叫，声音很小，但意思很明确，不能丢了它一个，我们独自享清福。那副神态，还真像一个撒娇的小孩子，妻子看不下去就把它抱上床，小东西立马安歇了，身子蜷缩在一起，闭着两眼，"呼噜呼噜"睡觉了。

芦草沟，四处皆是美风景

　　我们生活的乌鲁木齐位于雄奇壮阔的天山脚下，用开门见山来形容这座美丽的城市，不仅名副其实，而且还让人平添一种自豪感。实际上正因天山的存在，不但提供了滋养土壤和生命不可或缺的湖泊、溪流，而且还以得天独厚的丰美景致享誉世界。不论高山还是沟壑，不论草原还是森林，所到之处风光无限好，迷恋不思归，仿佛一个天然的大氧吧，让人心旷神怡，感慨万千。

　　仅以乌鲁木齐周边而言，阜康境内有绿如泼墨的神秘天池，因为王母娘娘那个神话传说，让来自五湖四海的宾客趋之若鹜；而到了南山一带，整条线路都是景区连着景区，从最东端的托里苜蓿台子，到最西端的甘沟小渠子，或地处高山之上，或位于平川之内，一路旖旎自然美景，皆是处处别有洞天。套用苏轼《题西林壁》诗句,就是:"不识天山真面目,只缘身在仙境中。"

新中国成立之初,芦草沟地区为芦草沟乡、石人子沟乡,隶属迪化(今乌鲁木齐)第一区。1984年,成立芦草沟乡,辖人民庄子、芦草沟、涝坝沟、石人子沟、葛家沟5个村。2007年6月将石人子沟、葛家沟、涝坝沟3个村划归水磨沟区管理,属米东区。同样,芦草沟也划归米东区。

我要说的是,在居于天池和南山之间,同样有着一个个值得一去的好地方,而且因为近在咫尺,故美其名曰:"身边的风景",这就是石人沟,一个不得不说的地方。

石人沟,顾名思义是因早年有着几尊古代石人而得名。记得小时候,我们经常路过石人沟沟口,总要停下来长时间仔细研究一番,这里摸一摸,那里瞅一瞅,到头来总是一无所获。后来才听当地牧民讲,这是古代先民留下的历史文物,虽说只是几尊简单的石人,只有头脸和半截身子,而且头脸也只是一个轮廓,却证明这里远古时期就有人居住,因此极具研究价值。

最后一次见到石人,是四十多年前的一个冬天。当时我住在涝坝沟的爷爷家,有一天天山牧场的亲戚来看爷爷,临走非要带我去他们家住几天,于是我就和亲戚依明江骑了一头毛驴赶往他家。快到中午时,我们才走到沟口,也就是有石人的地方,因为伊明江大我几岁,而且一年四季进出沟口,所以知道许多关于石人的传说。于是在间歇的工夫,啰里啰嗦讲了许多,而且一边讲,一边扒拉着石人身上厚厚的积雪。别的我倒没有记住什么,只对他所说的"这几个石人都是'头人'的化身,在石人的下边就是他们的坟墓,里面说不定埋有宝藏"的猜测记忆深刻。

现如今,随着经济形势的不断好转和旅游业的蓬勃发展,许多地方开始注重挖掘历史文化和打造地域品牌,包括石人沟在内,重新又在红土湾最显著的山梁上立起了形态各异的石人像,凡是经过此地的游客,无一例外要逗留一番去拍照留念,俨然又成了一道景观。

站在这个观景台上,极目远眺,群山起伏,阡陌纵横,远处的博格达雪峰,近处的绿树红瓦,错落有致,尽收眼底。顺着山坡往下走,向南拐,就是石人沟沟口,要想品尝农家乐特色,随便走进一家都是闻着香气扑鼻、吃着实在过瘾的农家饭菜,吃一回还想第二回,真是味道好极了。要是想再赏美景,就拐几道弯,就到了石人沟水库,两山之间横卧一道高高的大坝,一汪清澈透亮的池水之中,倒映着蓝天白云和青山,不时还有一群群飞鸟翩然从头顶掠过,好似一幅山水画,人在景中走,景在心中留,很是惬意。

如今再到石人沟,又有许多新的变化。一是春天的红豆草,仿佛一片粉红色的海洋,让一队的东山坡上蝶飞蜂舞,鸟语花香,人声鼎沸,成了城里人赏花拍照、悠闲度假的好去处。二是到了夏天,紫莹莹的薰衣草、五颜六色的郁金香,又在石人沟沟口处的田野里大片绽放,在蓝天、白云、青山和绿树的映衬下,形成强烈的视觉冲击,自然又是一道亮丽的风景。

然而最让人感慨的还是东绕城高速公路。其中石人沟四队那一段,是一座赫然耸立的空中高架桥。一排排高大结实的水泥桥墩子,高过十几层楼房,站在桥底下,必须抬头仰望才行,雄伟、壮观、神奇、罕见,让人叹为观止。蓝天下,一座顶天立地的博格达雪峰,仿佛一位饱经沧桑的白发老人,看上去庄严肃穆,浮想联翩。山脚下,一座横空出世的崭新高架大桥犹如一条腾云驾雾的现代长龙,带给人们吉祥和福音,功不可没。

沿着山坡下来往西再向东,则是涝坝沟风景区。三面是山的一条沟,几乎被笼罩在一片绿阴之中。最多的是榆树,一棵棵根深叶茂,树冠若伞,间或柳树和一丛丛野蔷薇。林中鸟语花香、蝶飞蜂舞,听一溪清水潺潺流过,浑身都有一种清爽的感觉。这里的度假村和农家乐同样一家挨着一家,只是几乎都掩映在一片翠绿之中,只闻欢歌笑语,却不见人在何处,蓦然一回首,都在密林深处。

我仔细算了一下,涝坝沟大小有三个涝坝,一个就在百泉沟附近,原来水多的时候,可以游泳,现在只剩一个小水池;一个要翻过一道梁,沿着原先的几户人家走到头,看到一窝子榆树就到了,这座涝坝我们当年经常光顾,却不敢下去游泳,据说水中有蛇,即使夏天热得头上冒油,也只好忍着;还有一个涝坝相对远一些,不过那里却是游泳的最佳场所,我曾经在爷爷家住过整整一个暑假,每天最主要的任务就是去这个涝坝附近拾麦穗,烈日炎炎,最好的纳凉和休息方法就是游泳,像个水老鼠似的整天泥头土脸的。

而现在我也经常去涝坝沟,或者是为了徒步,或者为了回忆往事,一个突出印象就是旅游的急剧升温和游客的纷至沓来。尤其到了双休日和大假期间,步行的、骑自行车的、开着汽车的,仿佛赶巴扎一样,来往穿梭,游人不断。而那些开度假村或者搞农家乐的也是顺应潮流与时俱进,从先前的简单一个灶台、一个棚子、几张桌子,发展到楼房甚至别墅。而且名字一个比一个有创意,一个比一个叫得响亮,不是"山庄"就是"部落",成了一个个挡不住的"诱惑",不去造访都不行。有些精明的老板,不断推陈出新,营造"拴心"和"留人"的绝好氛围,冬天提供熏马肉,夏天经销马奶子,还有的在庭院中开出一片菜园子,种上一些新鲜水果和蔬菜,不要说吃了,看着就眼馋。过了涝坝沟往东,上一个达坂就是水洞子,当年芦草沟的一项水利工程。在甘沟修一座潜水坝,把水引上山,再通过水洞子流向三队水库浇灌庄稼。从水洞子这头到那头,人可以低着头、弓着腰穿行而过。黑黢黢,阴森森,人和流水反方向而行。有不少徒步爱好者喜欢体验在水洞子行走的乐趣,伸手不见五指的水洞子、流水声、说话声,不住地产生此起彼伏的回音,倒也其乐融融,令人心旷神怡。

除去石人沟和涝坝沟,还有葛家沟和榆树沟。葛家沟靠近七纺,从乌鲁木齐出发,一路经过维斯特小区、温泉疗养院和雪莲山滑雪场,向上途经歌林小镇,跨上一个慢上坡,眼前一亮就是葛家沟。

葛家沟也在一个山坳里,南北走向,中间是耕地和林带,住户都在两边。到了夏天的时候,地里长着绿油油的庄稼,早晨或者黄昏经过这里,村子一半沐浴在阳光里,一半掩映在阴影中。一缕缕炊烟从一户户人家屋顶袅袅升起,很快连成一片,弥漫整个村子,就听到归圈的牛羊"咩咩"或是"哞哞"叫着,各回各"家"好一派悠然自得的田园风光,令人感怀。而今,葛家沟成了一个交通要道,朝东是石人沟,上了绕城高速直达甘泉堡乃至阜康天池。往南走,可以到达达坂城。往西去,就是乌拉泊乌奎高速公路,方便得很。正因为如此,度假村、农家乐、采摘园应运而生,人来车往,红红火火。

如果从水磨沟出发去石人沟,葛家沟是必经之路,过了庄子向东,要经过一个很长的慢上坡和几道山梁,遇上雨水丰沛时节,一道道山梁都披上了绿色盛装,漫山遍野开满了五颜六色的小山花,最为常见的就是蒲公英和"老鸦蒜"花,黄澄澄一片,煞是美艳。除此之外,就是骑马的牧人放牧着羊群,仿佛一片一片白色的云朵散落在绿色的毯子上,又是一道宜人的景色。

不仅如此,途中还能看到另外一个奇观,那就是沿着山顶一字排开的一座座小石堆,远远看去也就像一个个小石人似的。刚开始只是零零星星的,没有多少人关注,到后来就如雨后春笋般连成了一片,而且至今还在不断有人继续堆砌着，这就不得不引起路人的注意了。我就看到过不少人停下车后，一口气跑到石堆跟前，要看个究竟。我也曾不止一次让家人和朋友猜测，有说是牧民做的草场标记，有说是游客堆着玩的。我则说，到了夏季，草场蝗虫肆虐，这是给蝗虫天敌欧椋鸟所筑的鸟巢阵呢，都说栽下梧桐树，引得凤凰来，那么堆砌这样的鸟巢阵，不也是有异曲同工之功效吗？

以现在的天山职业大学为界，往东是葛家沟，向西就是榆树沟了。榆树沟离乌鲁木齐最近，因为这里和红雁池电厂只有一步之遥，站在家门口就能看到电厂一座座高耸的大烟囱。榆树沟是一个不大的村子，上边一座水库，下面一片庄稼地，一圈都是榆树，虽说是一个小地方，却是休闲度假的好去处。不但自然风光好，也是享用美食的理想场所。许多人都把榆树沟作为徒步的首选地方，早晨出门健身和赏景，中午品尝可口的农家饭，然后美美睡上一觉，稍事休整一下再往回赶，时间也绰绰有余。

说到榆树沟，我还想起一件往事，早年学校成立文艺宣传队，有一天乡里通知我们到榆树沟为部队做文艺演出，等坐着乡里派来的大卡车赶到榆树沟，天已完全黑将下来，节目还没演几个，肚子早已饿得咕咕叫了。部队到底非同一般，也不管我们演得好不好，一律热烈鼓掌，而且还兵分两路，一些人坐得整整齐齐看演出，另一些人紧锣密鼓给我们做饭菜。等我们演出一结束，热气腾腾的鸡蛋挂面就端上来了，那是我们第一次吃挂面，加之就着部队腌制的咸菜，我们一个个狼吞虎咽，吃了个痛快。

以前榆树沟村是离乡政府最远的一个村落，而现在则是离乌鲁木齐最近的一个地方。宽阔笔直的柏油路从村前经过，而且随着歌林小镇建筑群、天山职业大学、新疆师范大学在附近落户，尤其是观园路两旁一栋栋鳞次栉比、摩肩接踵的住宅楼群，在榆树沟村拔地而起，形成了往日想都不敢想的规模效应。预期不远的将来,榆树沟村会成为一个车流如梭、人流如织、财源广进的现代化富裕新村,不让城里人"羡慕、嫉妒、恨"才怪呢。